小説「安楽死特区」

長尾和宏
Nagao Kazuhiro

ブックマン社

小説「安楽死特区」

2024年　～無の明るい夜のために～

女流作家、澤井真子

「ところで先生は、いつまで小説をお書きになるつもりでしょうか」

その平野という記者は初対面の女流作家に不躾《ぶしつけ》に尋ねた。

月刊誌『文藝世界』から澤井真子《さわいまさこ》に連絡があったのは、久しぶりのことである。リビングルームに見慣れない女がいることが新鮮であった。女記者の肩越しに、六本木ヒルズの丸い輪郭が西日を浴びて光っている。

澤井真子が外苑西通り沿いにある広尾の中古マンションを買ったのは、2001年のことである。有栖川《ありすがわ》公園近く、築浅の洒落た物件があると不動産屋に言われ内見に来たとき、そのビルはまだ建築途中であった。黄昏《たそがれ》のなか、巨大な鉄骨が光を浴びて、怪獣映画のラストシーンのように真子には見えた。人間を叩き潰し、口から出た炎で街を焼き尽くした後の。

「あれは何を建てているの？　テレビ局の建て替えなの？」

大手不動産会社の男は、そんなことも知らないのかという顔をし得意げに答えた。

「やだなあ。先生ほどの方がご存じないのですか。六本木再開発のシンボルマークですよ。森ビルさんがやっています。携帯電話会社や、ＩＴ企業さんとかが入るらしいです。外国人ばかりの歓楽街から、最先端ビジネスの街に生まれ変わるらしいですよ、六本木は」

「あらそう。携帯電話の人、これから儲かるのでしょうね。私もこの前、iモードにしたもの。作家がこんな携帯電話で文字を打ったら終わりって言う人がいるけど。きっとあと数年で、紙の本なんか廃《すた》れちゃうのかもしれないわね」

その日、真子はこのマンションの購入を決めた。もう紙は駄目だ。オールドメディアだ。そもそも今どき私小説なんて、誰が読むのだと、自嘲気味なメディア論を肴に、出版社の人間たちとこの部屋で打ち合わせをしたり、呑んだりした。21世紀の希望を一身に纏《まと》ったような不夜城・六本木ヒルズを眺めながら。

彼らがこの部屋を頻繁に訪れなくなったのは、一体いつからだったろうか。ヒルズに続いて乃木坂に大きいビルが建ったあたりか。それとも東日本大震災からか。どの記憶も一枚の薄い紙に遮断されたような、どこか遠くのことに感じられるのはなぜだろう。3年前、5年前、10年前、ミレニアム……過去の距離感を掴むことが難しく、どれもがモヤモヤとしている。

『文藝世界』のその取材は、〈平成を彩った女流作家たち〉というテーマだという。

元号が令和になって丸5年が過ぎた今、今改めて平成の文芸作品を振り返る企画だという。本来であれば、真子と長い付き合いのある副編集長の浦瀬《うらせ》ふみも同席するはずであった。真子は浦瀬に会えることを楽しみにしていたのだが、急に来られなくなったという。先週半ばに、浦瀬の夫が亡くなったのだ。

浦瀬の夫は、4年前に食道がんが見つかっていた。発見時にステージ3。当初は手術が出来ないと言われていたそうだが、術前化学療法が功を奏し、その後に大学病院の名医を探し当て食道全摘手術を行った。手術そのものはうまくいき、病変は完全に切除され、その後、半年ほど行った抗がん剤治療もさほどの副作用はなく、しばらくは小康状態が続いた。しかしその1年後、肺と骨への転移が見つかった。そこからは、保険適応も適応外も含め、その名医に勧められるまま分子標的薬を2種類試してみたが、ほとんど効果は見られなかった。

目の前の若い記者は、編集部の先輩から聞いた話ですが……と断ってから、少しだけ深刻そうに眉間を動かして真子にこう話す。

「がんになるのが、あと1年遅ければ〈がん光免疫療法〉が使えたのにって、浦瀬さん、悔しがっているそうです。旦那さん、最後の最後まで強い抗がん剤をやっていて、相当苦しんだみたいなんです。だから浦瀬さん、旦那さんが死んでしまったことよりも、苦しませたことに対して落ち込んでいるらしいって……。こんなことなら、もっと早く抗がん剤をやめて、穏やかな時間を過ごさせたら良かったたって」

オペラ歌手のようにふくよかで表情豊かな浦瀬ふみの大きな瞳が涙で潤んでいるのが、真子には目に見えるようだった。たしか浦瀬に子どもはいなかったはずである。

「そうだったの。私も何度か、がんで連れ合いを亡くした人に取材したことがありますけれど、何をしたって、残された家族というのは後悔するものよ。積極的な治療を受けなかった家族を亡くした人は、もっと治療させれば良かったたって言うし。その逆もしかりで徹底的に治療を受けた末に家族を亡くした人は、こんなことなら何もさせなければ良かったと思うか、もしくは、最期まで頑張ってくれてあの人はすごかった、と自分を納得させるのよ。私たちのために頑張ってくれたんだって、そうやって納得させるしか、ないじゃないの。本人が、本当に最期まで苦しんでも頑張りたかったかどうかは、わからないのだから」

——だけど私はごめんだわ、と心のなかで真子は呟く。

最後まで頑張るのは、仕事だけで十分だ。命を頑張る、という意味がそもそもわからない。日本人は「頑張れば報われるはず」とどこかで信じているが、治療を頑張って報われるものとは、果たしてなんだろう。副作用で疲弊《ひへい》しきった肉体と、うつろな頭で過ごすわずかな今生《こんじょう》。色褪せた人生の余剰。本人が向き合った肉体的痛みや精神的痛みに目を瞑《つむ》り、「あの人は最期まで頑張った」と自己陶酔する妻や夫や娘や息子を、真子は好きになれない。エゴイズムと家族愛はいつだって表裏の関係だ。

そんな老作家の心の内など気づきもせずに、若い記者は、がん治療についての見解と持論を生意気な口ぶりで続ける。

「だけどもう、令和6年ですよ。他の病気であれば医者ではなくて、AIが薬の選択をしてくれる時代なのに。どうして、がん治療だけはそうはいかないのでしょうね。そうそう、世界に向けてがん撲滅宣言をしたのは、あの、この前亡くなったトランプの前の、黒人初の大統領、そうだ、オバマさんですよね」

「いいえ、オバマじゃないわよ、もっとずっと昔よ。ニクソン大統領」

「ニクソンって？　ごめんなさい。そんな昔の大統領の名前まで知らないですけど、でも、とにかくそれから時代が変わって科学は進歩しているのに、未だ抗がん剤治療の副作用で最期まで苦しんで死ぬ人がいるなんて、それも、誰もが知る都内の有名病院でそうやって死ぬなんて、なんだかやるせないです」

「浦瀬さんの旦那さん、緩和ケア病棟で亡くなったの？」

「違うみたいです。緩和ケア病棟が一杯で、ギリギリで申し込んだけどダメだったって。だから浦瀬さん、最期はご自宅で……と思っていたらしいのですが、治験であれば、まだできる抗がん剤があると大学病院の先生に言われて試したとたんに、急変したみたいです。治験なんてやらなければ」

あっ。饒舌《じょうぜつ》になった記者のために紅茶のおかわりを淹れようとした真子は、不意に手元が狂って、その褐色の液体をテーブルにこぼしてしまう。それが真子には、点滴から滴り落ちる抗がん剤に見えた。フローリングの床に茶色の滴が、ポタッポタッと音を立てて小さな池を作り、たまらなく嫌な気持ちになる。

台所から布巾を取ってきて慌ててその茶色い池を拭きながら真子は、抗がん剤の質も種類も、あの頃とはずいぶん違うのだろうと想像してみるのだが、あの頃、がいつのことなのか、わからない。

あの頃。女性記者は慌てることなく、自分のバッグのなかからハンカチを取り出して、スカートの裾《すそ》をそっと拭《ぬぐ》ってみせた。

「大丈夫です、シミにはなっていないみたいです。ご心配なく。でも私、抗がん剤の副作用なんて〝平成の苦しみ〟なんだと思っていました。先月も、がん光免疫療法が我が国で広がらないのは、日本にお金がないからだとニュースに出ていましたよね。医療費が逼迫《ひっぱく》しているから、日本のがん治療は欧米から周回遅れだとかって」

光免疫療法は第四の治療法と呼ばれており、一時期、やたらとテレビや雑誌でもてはやされていたのは真子も知っている。がんのある場所に外から特殊な光を当てるだけで、がん細胞だけを選択的に死滅させることができるという。末期がんの人がたった1日で回復するようなこともあるらしい。従来の放射線治療と違って、他の免疫細胞を傷つけることもないそうだ。10年以上前にアメリカ国立衛生研究所（ＮＩＨ）でその治療法を発表した日本人研究者が、一昨年ようやくノーベル生理学・医学賞を受賞したのに続き、国立がんセンター主導での大規模な治験とデータ解析がようやく終了、今年からは全国の大学病院や、各都道府県のがんセンターでも治療がはじまるとのことだったが、保険適応になるのはまだ先のようで、まずは富裕層の治療に使われるのだろう。

東京オリンピック以降、日本は本当に貧しくなった。

とうとう国会は、75歳以上の透析《とうせき》治療を一律に保険適応から外すことを決議した。真子の知り合いは糖尿病患者ばかりであり、皆怒っている。そしてこの秋には、リベラル派の議員数人による〈透析患者の命を守る会〉という政党が立ち上がるとテレビで言っていた。その代わりに、南米や東南アジアの国に倣《なら》って、砂糖の入った飲料やお菓子から砂糖税を取ったほうが公平かつ糖尿病予防にもつながるというのが彼らの政策のようだ。しかしこれには、菓子メーカーや飲料水メーカーから強い反発がある。

そんななかで末期がん患者のための光免疫療法が保険適応になったら、透析患者はもっと怒るだろう。病気によって差別があってはならないと。しかし、光免疫療法はそんなに効果があるのだろうか。今までもそんな夢みたいなことを謳《うた》ってにわかに患者を期待させ、気がつけば世間から忘れられている治療法はいくらでもあった。

「がん細胞だけを攻撃し、良性の細胞は無傷のまま延命できる。だから副作用もない」というフレーズも、分子標的薬という第二、第三の抗がん剤が登場した平成の真ん中あたりから何度も聞いてきたような気がする。末期の肺がんが見つかった作家仲間のひとりが、キイトルーダとかいう、ふざけているのかと疑うネーミングの免疫チェックポイント阻害薬をやったが、まるで効かなかったと冗談まじりのメールよこしたあと、3週間で逝ったこともあった。いっそキカナイーダに改名したらどうかと当時、真子は週刊誌の連載エッセイに書いたら、がん学会からえらく怒られて、ネットの記事が炎上してますと担当者から連絡が来た。医者も暇なものだ。ツイッターに噛りついてネットを炎上させる暇があれば、目の前の患者を1分でも長く見ていろと言いたい。

人間社会がそうであるように、悪人は一方から見たら悪人であるけれども、家族や恋人から見れば善人なことはいくらでもあるわけで、勧善懲悪だけで片付けられる関係性など、この世にひとつもありはしない。一見、善人に見える人間のほうが、虎視眈々《こしたんたん》と悪事を考えているのが世の常である。がん細胞は一見、正常細胞と同じ顔つきをしている。従来の抗がん剤では、その見分けがつきにくく正常細胞まで叩いてしまう。だから、今度の治療法だって、わかったものではない。真子が大人になった頃からずっと、あともう少しで科学はがんを克服できると言い続けている。

それなのに「あと1年遅く夫ががんになっていたら」と浦瀬が今、涙を流しているのだとしたら……真子は少しだけしらける。そうだ、その昔、浦瀬は、『がんは放置するにかぎる』という、変わった医者の本を出してヒットさせていたはずなのに。

「澤井先生。がん検診なんて絶対に受けちゃだめですよ。一番長生きするコツは、病院には近づかないことなんです。がんは、治療しても無駄です。手術なんかするとかえってがん細胞が暴れるんですって。何をやったって死ぬときは、死にます」とその本を手土産に持ってきたことがあったではないか。良性なんだか悪性なんだかわからないのは、がん細胞ではなく、人間の存在そのものだ。

そこまで考えて、自分は浦瀬の香典を用意したのか、すでに送ってあるのかが気になりだした。真子は最近、日に何度も自分を疑う。いつも誰かに騙されているような気持ちになる。そして目の前の記者から質問を投げかけられていたと、我に返る。

「ところで先生は、いつまで小説をお書きになるつもりでしょうか」

なんと失礼な質問だろう。我に返ったら腹が立った。

「いつまで私が書くつもりかって、そうお尋ねでしたね。それは、私のことを性愛小説家だとあなたが思っているからなんじゃないの。でも私は、自分が性愛小説家だと思って作品を書いたことはありません」

「でも、先生は性愛小説を書くために独身を貫いたのだとエッセイで読みましたが」

そんなこと書いたかしら。

記者は不躾に言葉を続ける。

「しかし澤井先生は一度だけ、性愛ではなく、死と向き合った小説を書かれていますね。幼い息子を難病で亡くしたシングルマザーのお話。私、あの作品は好きでした」

あの作品が好きなのではなく、あの作品は好きだ、と言う。真子はまた苛立《いらだ》つ。

「まあそう。今日のために急いで読んでくださったのだとしてもお礼を言うわ、それは『愛の受難曲』のことね」

女性記者は初めてにっこりと微笑んだ。

「そうです。小児がんになった息子の延命治療を巡るお話でした。もう回復の見込みはないと知り、延命治療を中止したいと思いつつ、一体この子の生とはなんだったのだろうと絶望し、臓器提供に奔走するシングルマザーの葛藤《かっとう》には大変リアリティがありました。脳死が人の死かどうかに疑問を投げかけたことはもちろん、女がひとりで何かを決断するというテーマは、澤井真子作品の真骨頂です。もっと読まれていい作品だと思うのです」

そう言って、女記者は隣の椅子に置いていた赤い革の鞄を開けて文庫本を取り出した。その帯の惹句《じゃっく》が、真子の目にも飛び込んでくる。

〈私は、母というエゴイズムから、枯れ木になった息子に水をやり続けているだけなのではないだろうか……話題の女流作家の新境地！〉

朽ちていく枯葉のように黄ばんで汚れた〈新境地〉の3文字を見つめていると、作家人生の終わりを暗に突きつけられているように思え真子は押し黙る。

『愛の受難曲』。アルフォンス・ミュシャの「メディア」を装丁に用いたその作品が世に出たのは１９９０年代前半。真子が30代になりたての頃である。

「でも、たいして売れなかった。おたくの出版社じゃないからまあ、関係ないか。子どもの死をテーマにした物語なんて、空前の好景気に浮かれていたあの頃は、多くの人がなんの興味も持たなかったのよ」

真子はティーカップを口に運んだ。無機質な渋みしか感じられない。女記者もそれを無表情で飲み干してこう続けた。この質問をするために今日は訪れたのだとでも言わんばかりに、目を見開いた。

「しかし、澤井先生。なぜ、死にゆく少年の延命治療の話と、母親の葛藤をあれほどのリアリティをもって、30歳という若さで作品に昇華できたのでしょうか。書かれた動機は？　当時の日本は、回復が見込めない命に対しても、とにかく最期の最期まで徹底的な延命治療を続けるのが医療の常識だったと聞いています。それだけ潤沢《じゅんたく》に国にお金があった。消費税だって、たったの３％だったのでしょう？　つまり老人が少なかったということですよね。一方、現代はどんなに延命治療を望んでも、貧困層は放っておかれる時代になりつつあります。オリンピック景気があっという間に終わって財政が逼迫しているから、５年前にはあり得ないとされていた、我が国における安楽死の法律もどうやら近々現実になりそうだとか、ならないとかで。

ああ、私はお茶はもう大丈夫です。澤井先生は性愛小説の名手として多くの女性のファンがついておられます。でも、私たち世代には、正直なところピンときません。しかし、『愛の受難曲』という小説だけは、先生が無理をして作り上げた感がなくて、私は好きです」

無理をして、作り上げた感？

手土産にもらった無花果《いちじく》の入った焼菓子を一口食《は》むと、干した果実の種が右奥歯に当たり痛みが走った。最近歯茎が痩せた。そろそろ歯医者に行かねばならない。

「単刀直入に伺います。『愛の受難曲』、本当はノンフィクションなのではないですか？　たぶん先生には息子さんがおられた。ご結婚はされていない。澤井先生は公表せずにお子さんを産み、小児がんで亡くされた。違いますか。……しかし、なぜ先生は、この作品を真実に基づいたものとして発表なさらなかったのでしょう？　どんな経験もあけすけに、作品のなかで剥《む》き出しにしていくのが澤井先生の強みだったはずでは？」

奥歯が痛い。この子の持ってきた菓子のせいである。

「そんな妄想を吹き込んだのは浦瀬さんなの？」

「あ、いえ、ごめんなさい、ご気分を悪くされたなら」

「そんなことないけど。でも歯医者に行かないとならないの。次があるの」

一気に不機嫌な顔になり、バタバタと女記者はその文庫本を鞄に仕舞った。その腕には柔らかな筋肉の筋が見えた。老いとは、筋肉が落ちていくことでもある。そして柔らかな黒髪。

真子の髪は、ほぼ白髪である。今晩あたり髪を染めなくてはならない。

どうにか取材が終わり、帰り支度をするその記者に真子は尋ねた。

「ところであなた、浦瀬さんの旦那さんは、どうして亡くなったのかしらね？」

狭い三和土《たたき》で踵《かかと》の低い靴を履き終わった女記者は、えっ、と大きく声に出して真子を見上げた。黒髪が揺れた。困惑の表情を隠せないというふうに。

「……食道がんでした」

「あら、まあ、そうなの。お若いのに。かわいそう。そうだ、お香典は、どうすればいいのかしら？」

「あの、先生」

「どうしたの？　忘れ物？」

「澤井先生、その質問、今日これで5回目です」

えっ。

嫌な汗を背中に感じた。雑誌の取材は、秘書の美和がいる日にすればよかった。なぜ今日に限って彼女はいないのか。とにかく、もうあの失礼な女記者をよこさないようにと浦瀬に電話をしなくてはならない。でもそれは明日でいいだろう。今日は仕事のことは考えず、寿司弁当でも買って夕飯を済ましてしまおう。

マンションから歩いて5分足らずの駅前の高級スーパーでいつもの寿司弁当と明日の朝のためのパンと牛乳を買い求め、また少し歩いて、商店街奥のドラッグストアでヘアカラーと、歯痛のためのバファリンを買った。日が暮れはじめている。

雑誌の散らばったテーブルに買って来た弁当とパンを置き、ドラッグストアの袋だけ持ってバスルームに行き洗面台の下の棚を開けたとき、真子は小さな悲鳴を上げた。

嘘……。

でも、どこかで、少し前にも同じ悲鳴を上げたことを思い出しても、いた。密やかな恐怖、しかし見覚えのある恐怖。この困惑は初めてではない。

洗面台の棚を開けた真子が見たものは、暗闇に所狭しと並んだ新品のヘアカラーの同じ箱、箱、箱。誰か。誰が。誰か。底知れぬ不安をどこにぶつけるべきかわからぬまま、今度は洗面台の上の鏡張りになった棚を開ける。そこにはバファリンの箱が大量に積み上がっていた。

足が震えた。最近、急激に筋肉量が落ちてきたのか足が頻繁に震える。そして忘れていた奥歯が疼《うず》いた。しかしもう、薬を飲む気も起きずに新たに買った同じ薬の小箱を上に重ね、そっと鏡の扉を閉めた。

上着も脱がぬまま寝室へ駆け込み、ベッドに倒れ込んだ。寒いのか暑いのか、そして今日が何月で、春なのか秋なのか考えるのも億劫だった。何ヵ月もずっと同じ季節を生きているような気がするしひたすら眠い。そもそも、今は平成何年なのだろう。いや、さっき来たあの女は、平成は終わったと言っていた。平成が終わった。どういうことだ？　久しぶりのインタビューで疲れたのだ。一旦眠れば明日の朝は思い出している。

明日は秘書の美和が来る日だから、浦瀬の夫が死んだことを話さねばならない。しかしなんで死んだ？　まだ若かっただろうに、かわいそうに……疲れている、ただ疲れているだけなのだと独り呟いて、真子は眠りについた。

心臓外科医、尾形紘

その朝、五月《さつき》晴れの青空に、尾形《おがた》は久しぶりに鰯雲《いわしぐも》を見た。難波大学の心臓外科のエース、尾形紘は、昼から愛知県内のある医師会に呼ばれ、医療者向けに新型補助人工心臓についての講演をした。

扇型をしたコンクリートの洒落た市民ホールは、先ごろがんで亡くなった有名建築家の作品で、会場には、地元の医科大学の見知った外科医の顔も何人かあった。70代、80代のもうとっくに現場を卒業したような医師も多くいて、座長の挨拶も終わらぬうちから、うつらうつらと船を漕いでいる老医も数人見える。

彼らは、尾形が推進する新型補助人工心臓のメカニズムになど寸分の興味もなく、今話題の難波大の心臓外科医がどんなことを話すのか一目見てやろうかという、半ば暇潰しでやって来ているに違いない。

今日、尾形に与えられた講演時間は60分ちょうどだった。地鳴りのように会場に鳴り響く、数人の老医の鼾《いびき》などまったく意に介さないふりをして、尾形はいつもと同じように自前のノートパソコンにあるスライドを使い、淡々と講演をはじめた。

……さて皆さんもご存じかと思いますが、重症心不全患者に対する植込型左心補助人工心臓が保険適応となってからもう10年以上が経ちます。そして、ここにきて画期的な話題がいくつか出てきました。今まで、心臓移植待機患者は2年以上の生命予後が期待できませんでした。しかしこの補助人工心臓によって驚異的に生存率が高まり、また、ＱＯＬが向上しています。なかには、それまでほぼ寝たきりだった30代男性で、自動車運転、職場復帰が可能となったケースもあります。

さらに昨年より、我が国において初めて全面的に開発された、難波大学研究チームによる補助人工心臓〈フューチャー・ハート２〉が、末期の重症心不全症に対しても有力な治療手段として確立されるようになりました。心臓移植の提供者が極めて少なく、長期の補助が求められる我が国においてこそ、今後は退院も可能で、自宅療養を前提としたＱＯＬの高いこの体内設置型の〈フューチャー・ハート２〉について、在宅医療での症例も集めていきたいと考えています。慢性心不全の患者さんは年々増え続けており、病院のベッドはいつも一杯です。全国の病院で病床削減の続く現状において、慢性心不全の人には、是非、自宅で療養していただきたい。

私は大学病院の心臓外科医としてずっと研鑽《けんさん》を積んできた者であり、在宅医療の経験は皆無です。ですから今後は是非、在宅医療に関わっていらっしゃる地域の先生方と一緒に、この補助人工心臓の未来を切り拓いていけたらと願うものであります。

私はここ数年の経験から、補助人工心臓をつけてその後適切なリハビリテーションを行えば、多くの心不全患者は4年、いや、5年はなんら支障なく日常生活を送れるものと確信するに至りました。今後は、10年以上生きられる症例も出てくると予想します。ただ問題は、心臓だけでなく、他の臓器に機能障害がある場合。多臓器不全の患者さんに補助人工心臓をつけるか否か。現段階では適応外とされていますが、今後はこうした例でも十分に検討の余地があります。丁寧にエビデンスを積み重ねる段階に来ているでしょう。

人前で話すことが苦手だった。しかしもう何度もやっている講演だから、澱《よど》みなく言葉が出てくる。

高校時代、ラグビー一辺倒で女の子に話しかけることさえ躊躇《とまど》っていた自分が、壇上でえらそうに年上の医者たちに講釈を垂れている今の俺の姿を見たら、一体どんな顔をするだろうか。パワーポイントをタイミングよく動かしながら、尾形は左腕のロレックスをさりげなく確認した。その時計は7年前に准教授昇進祝いとして、大手医療器具メーカーからプレゼントされたもので、一体幾らするのかさえ尾形は知らない。

ここで結語のスライド。

時間通りの進行だ。老医たちの鼾が最後までうねるように聞こえて内心気に障《さわ》ったが、前列にいる十数人の若い医師は必死でiPadにメモを取っており、まあ、数人の若き後輩だけでも自分の話の断片を覚えてくれるのならば、五月晴れの土曜日を日帰り出張に潰した意味はあるだろうと無理に自分を納得させる。

来週は同じ話を仙台の学会でしなければならない。その翌週は札幌に一泊だ。

そうやって、予定調和で進んでいた会だったが、終了5分前に小さな異変が起きた。

質疑応答の時間になると、後部座席に座っていたひとりの老人だけが挙手をした。座長の指示も待たずに老人は前列中央に設けられたスタンドマイクに足早に近づくと、尾形に質問をした。ボサボサで伸び放題の老人の前髪には銀色が混じり、アメリカンショートヘアの猫の毛色を思わせた。しかも昭和の映画俳優がかけていたような薄茶色の大きなサングラスをしているので目の表情が読み取れず、尾形は少し身構える。

「ええと。今日は貴重なお話をありがとうございました。私は長年、内科医をやっている者です。今は在宅医です。町医者ですわ。技術的なことはよくわかりませんが、今日のお話は、補助人工心臓を付けるお話に終始されていた印象です。そして在宅医療と連携をされていきたいと。そこで質問なのですが、その補助人工心臓、やめるタイミングというのはいつなんですかね?」

何を言わんとしているのか、尾形にはよくわからなかった。

「やめる、と仰《おつしや》いますと?」

「いやつまりね、それを付ければ、一昔前なら心臓が弱って死ぬる状態にあった人が5年も10年も生きられるっていう理屈はわかるんだけど……たとえば平均寿命を過ぎて、老化とともに患者が衰弱してくるときに、補助人工心臓を外すことは検討されないのですか。他の臓器が自然に老化していくのに、心臓だけが機械的に動かされていたら、バランスが悪くなるでしょう？　それ、まずいんじゃないの。何をもって、死亡判定となるんですかね」

聴衆はほぼ無反応であった。

終了時刻5分前だというのに、面倒くさい質問にあたったものだ。

「おい、尾形。在宅医療との連携とお前は簡単に言うが、在宅医と我々じゃ、まったく言語が違うんだよ、別の惑星の住人と言ってもいいくらいだ」と先日、別の病院の循環器外科に勤めている同級生に言われたことを不意に思い出していた。バランスが悪くなるって、どういうことだ？　尾形は、手元のノートパソコンをいじりながら、何かを探すふりをし、ゆっくりと再びマイクを取った。

「今のところ、そういうエビデンスは出ておりませんから、補助人工心臓は患者さんが亡くなるまで装着可能であると考えますが……」

フフン、サングラスの老医は鼻で笑ったように見えた。

「そりゃそうでしょうねえ、まだ補助人工心臓の手術がメジャーになって7〜8年でしょ。わかんないでしょ。そうではなくて、尾形先生がどう思っているかをお聞きしたいんですよ。

終末期、つまり死ぬまで、もはや自分の心臓が完全に停止しているのに、補助人工心臓と人工呼吸器と胃ろう栄養だけで生かしておくのが、最新の医療だとお考えですか。つまり、電池で生かされているってことでしょ。電気が繋がっている限り、生き続けるわけ？」

「あ、いえ、電池ではなくて多重電源へのアクセスが可能なバッテリーですが……」

「そんな話をしてるんやない。電気が切れなければずうっと生かされたままですか、とお伺いしてるんです」

「え、ああ、仰りたいのはそういうことでしたか。まあ、現段階において特に支障は報告されていないのでそう考えますが、先生、私の言っていることは何かおかしいでしょうか。もちろん、最後の最後まで医師がきちんとサポートをしてデータを取り続けることが前提ですが」

　不安ゆえに、尾形の語尾が強くなってしまったが老医はあいかわらず口元をニヤつかせている。

「だからね、終末期において、たとえば本人の意識はまったく無いなかで、ご家族が機械の停止を願い出ても補助人工装置の中止はできないのですか？　心電図はずっとフラットでも？　死の三兆候を満たしていてもですか？　もう死んでいるのに？」

「ああ、ええと、現状を申しますと、病院の倫理委員会では、ご家族の希望は却下されるかと思います。肌がまだ温かいから死ではないと反対する医師が必ずひとりはいます。そしてエビデンスがないのも理由です」

「ふうん、なるほど。しかし、補助人工心臓の中止例がまだ1例もないのなら、エビデンスがどうのこうのという話以前の問題でしょ。それじゃあますます、自然に逝けなくなりゃしませんかね？　自然に枯れて、逝けなくなるのでは？」

サングラスの奥の目が、薄く笑っているように感じたのは気のせいか。

「……ですから、先ほども申し上げたようにエビデンスがありません」


何なんだ、この堂々巡りは。尾形は自らの発言に漠然と疑問を持ちながらも、他にどんな言葉を用いればいいのかがまったくわからずにいた。背中に流れる変な汗が止まらない。

時間がきた。座長の医師が、それはまた次の機会に議論しましょう、他に質問のある方は？　なければこれで閉会にします、と水を差す。

エビデンスねえ、とぼそぼそと呟き、老医は尻を掻きながら席に戻った。尾形はほっとしてようやくパソコンの電源を落とした。来場者のほとんどは、このやりとりに興味はなかったようで帰り支度をはじめている。しかし老医だけがその流れに逆行して再び壇上に近づいて来たので、尾形はぎょっとした。

「ああ、さっきは悪かったね、最後に変な質問しちゃってさ。意地悪したわけじゃないですからね。応援してますよ、頑張ってください。ワシもな、ほんまは関西人やから。難波大ですよ、キミ、ワシの後輩や」

そう言って名刺も出さずに尾形にひらひらと手を振ったかと思えば、高齢者とは思えないほどの早足で会場を後にしていた。しかし尾形は、その後ろ姿になぜか自分が言い負かされた気持ちになり、控室で謝礼の5万円を貰うときに少しの後ろめたさを覚えることになる。

謝礼受け取りのサインをしながら、尾形は担当者に尋ねた。

「私に最後に質問をしたあのサングラスの先生は、どこの病院の先生なのですか」

「ああ、やめどきが云々と質問されていたドクターですよね。病院の先生ではなく、あの人は開業医ですよ。隣駅の商店街の雑居ビルで小さなクリニックをされています。看取《みと》りにばかり力を入れているから、医師会でもちょっと煙たがられているんですよ。24時間365日、在宅患者さんからのファーストコールは自分で取るらしいです。あの年齢で珍しいでしょ？夜中に酒を呑んでいても居酒屋から患者さんのところに駆けつける。アルコールの匂いをさせていても、患者家族も怒らないというから不思議な人です。深夜だろうが早朝だろうが駆けつけるから、いつ寝てるんですかって地元のケアマネが訊いたら、シャブ打ってるから寝なくても大丈夫なんやって言われたとか。医師会から見れば、ちょっと物騒な人ですよ。あいつは医者じゃなくて看取り屋だ、なんて皮肉る先生方もいるくらいですから、先ほどのやりとりは気になさらなくていいですよ。皆さん、興味ないですよ、やめどきなんて。あの人、ここに来る前は関西の先生だったんじゃないかな。尼崎だったかなあ、下町で長年町医者をやっていて、地元医師会と喧嘩《けんか》してこっちに移ったと聞いていますが」

「たしか、僕にもそんなことを言っていました」

「なんでも、地元の大学病院のホスピスにいた患者を無理矢理、家に戻したとかで揉《も》めたらしいですよ。脱北させただけやとか、わけのわからないことを言って大学病院をまるで北朝鮮扱いです。あと、がん患者さんだけでなく、認知症の人も診ているらしく、増量規定を守らないで認知症の薬をどんどん減らしていったから製薬メーカーからも敵視されたみたいです。相当嫌がらせを受けたとか。でもそんなことしていたら当たり前ですよねえ。愛知に来たのは、令和になってすぐだったかな。そうそう、例の表現の不自由展のときに抗議活動していたから……5年くらい前でしたかねえ。今もよく、脱北せな、脱北せなと言ってますよ。医者らしくないからか、患者さんにはわりと人気があるようで、繁盛はしているみたいですが。まあでも、さっきのはよくわからない質問でした。何が言いたかったのか、私にはさっぱり。いずれにせよ、心臓外科の本質とは関係がないかと」

「いや、決しておかしな質問ではないです。答えられなかったことが申し訳ないだけです。エビデンスが存在しないからと言って逃げるのはいちばんカッコ悪いな。なぜ今まで、終末期において補助人工心臓をやめるときのことを一度も考えなかったんだろう。たしかに僕は、今まで付ける話ばかりをしていたので」

「当たり前じゃないですか。だって、尾形先生のお仕事は、我が国と難波大の研究チームで開発された補助人工心臓手術の実績を上げて、少しでも患者さんの余命を延ばすことでしょう？　患者さんの死に方を考えるのは、先生のお仕事とは少し違うのではないでしょうか。さあそれよりも、このあと、懇親会はここから車で5分の店を予約しておりますが、先生、今日は何時の新幹線でお帰りでしたか？　ビールがお好きと伺っておりましたので評判のドイツレストランを予約しておりますが」

腕時計を嵌《は》め直しながら、尾形は恐縮した。

「実は今晩、急なカンファレンスが決まりまして大学に戻らないとなりません。申し訳ないのですが、懇親会はどうぞ皆さんだけで楽しんでください。よろしくお伝えください。私はもう、このまま帰りますので」

「えっ。医師会長も来られるんですよ、困ったな、僕が怒られる」

担当者は急に憮然《ぶぜん》とした表情に変わり、スマホを取り出した。

今日は尾形の父親、志郎《しろう》の35年目の命日であった。だからと言って何をするわけでもない。今朝、鰯雲の広がった青空を見て思い出しただけのことである。あの日、父親が死んだ朝も、こんな青空が広がっていた。10ヵ月あまり抗がん剤の副作用に苦しみ抜いた父は、ある日突然、病院の屋上から飛び降りた。病院と警察は、事故死ということで終わらせた。遺書は見当たらなかったが、入院中に読んでいた俳句の本から、志郎はときどき気に入った句を手帖に書き写していた。

鰯雲人に告ぐべきことならず　　加藤楸邨

それが、死の前日に志郎が最後に書き写した俳句であった。その親父の文字を見てからというもの、尾形は鰯雲を見つけるたびに胸が締めつけられそうになる。

なんで？　なんで解剖せにゃあかんの？　お父さん、なんで死んでからも体をボロボロにされないとあかんの！　もう充分よ、充分。これから司法解剖されるという志郎の痩せ細った亡骸を抱きしめて離そうとしない母親にかける言葉も見つからず、途方に暮れてひとり、病院の屋上へと逃げたのだ。

ラグビー選手の夢を捨てて医者になろうかと初めて思ったのは、あの朝焼けの屋上でのことだったか。もう覚えてはいない。しかし新幹線の車窓に映る自分の顔は父親にどんどん似てきている。流れゆく青空を眺め親父の記憶を手繰《たぐ》っていたら、ふいにまた、さっきの講演会での町医者の言葉がリフレインした。

自然に逝けなくなりゃしませんかね？

そんな根源的な質問に対し、エビデンスがありませんと答えた自分が情けない。これほど医者として間抜けな回答があるだろうかと尾形は自問する。新幹線は名古屋からあっという間に新大阪に到着し、尾形は飲み干せなかった缶コーヒーを片手にそのまま大学に向かおうとしたが、一枚の駅貼りポスターに心を奪われた。

「令和と平安を繋ぐ　日本の木彫仏1000年の旅　飛鳥仏《あすかぶつ》から円空《えんくう》へ」

何かに背中を押されるように地下鉄御堂筋線に乗り換えて、天王寺駅で降り立った。久しぶりに空一面の鰯雲を仰《あお》いでいささか心が不安定である。

大阪に住んで四半世紀になろうかというのに、市立美術館がこんな場所にあったことを初めて知った。研修医時代、同級生の彼女ができて、人生初めてのデートで天王寺動物園を選び、チンパンジーの交尾を目撃した。まだキスすらしていない彼女が、「ねえ知ってる? 哺乳類のなかで正常位からするのは人間とチンパンジーだけなんだって。ねえ、顔を見なくてもいいから好きでない女とはバックでするって、本当なの?」と明るい声で言ったので驚き赤面してしまい、慌てて売店にソフトクリームを買いに走った。

その後、尾形君は子どもっぽくてつまらないと研修医仲間に彼女が話しているのを知って、それきり淡い恋はフェイドアウトとなる。彼女は今、体外受精研究で名を上げて神戸の大病院にいる。そんな昔の彼女と猿の交尾を見て以来の天王寺だ。

地下鉄の駅を上ったときはもう、鰯雲は夕陽を浴びて茜色に照っていた。青々と茂った公園の木々が、夏のはじまりを教えてくれる。緑道を抜けたところにある美術館は意外なほどすいていて、尾形は拍子抜けするくらいすぐにお目当ての仏像と対面することができた。

〈木造　宝誌和尚《ほうしわじょう》立像〉。これほど奇妙で異形な顔をした仏像が他にあるだろうか。中国南北朝時代に実在したといわれている伝説の高僧・宝誌和尚を彫ったそれは、顔の正面が縦に真二つに割れている。額も鼻梁も唇さえも左右に分断され、内側から熟れた柘榴《ざくろ》が皮を破るようにしてもうひとつの顔を覗かせているのだ。覗いている顔は、十一面観音像である。尾形は別の時空に包まれるようにして、この奇妙な木彫仏の前に立ちすくんだ。

父親の志郎は香川で大工をしていた。無趣味で、仕事熱心な男だったが本当は彫仏師になりたかったのだと、ときどき仏像の話をした。若い頃に京都で見たという、顔面がパックリと縦に割れた奇妙な仏像の話も何度か聞いた。僧侶の顔が割れ、その割れ目から観音様が現れるさまを想像してみるが子ども心に恐ろしく、本当にそんなものが実在するのか疑ったりもした。一体誰がなんのためにそんな仏像を彫ったのかと父に訊ねると、こんな答えが返ってきた。

「人は誰でも体のなかに、観音さんが宿っていてな、生きたまま観音さんになることもできる。だけどな、人間が体に宿しているのは観音さんだけやない。鬼も悪魔も棲《す》んどるんや。

自分の顔を縦に刀で割ったとき、紘、お前のなかからは観音さんが出てくるか？　鬼や悪魔が現れるかもしれへん。ほんでもって鬼や悪魔のまま死んでいく人間のほうがずっと多いんや。ワシはな、死んだら地獄も天国もないと思うとる。この世が地獄。もしもお前が、鬼に顔を切られることがあっても、お前は観音さんの心を持っとけ」

父親が何を言いたいのかさっぱりわからなかった。しかし、まさかその実物を、父親の命日に見ることになるとはなんという偶然だろう。少年時代に聞いた父の話を何度も反芻《はんすう》していたとき、スーツの胸ポケットのスマホが振動した。心臓外科の部下、吉本からの着信であった。

「もしもし、尾形先生、今どこにいてはりますか？　帰阪されました？　今夜のグランドカンファレンスですが、予定を1時間早めたいとセンター長からの伝言です。可能でしょうか」

「了解。いま天王寺だから……間に合うように行きます」

一気に現実に引き戻され、踵《きびす》を返した。

宝誌和尚に自分の背中を凝視されているような気がした。もう二度と出会うこともないだろう。この美術館に来ることもないだろう。観音様はどこにいる？　心臓外科医として日々淡々と、患者の心臓を精密機械のパーツのようにしか見ていない今の自分には、宗教が入り込む隙なんてないのだ。俺の顔を真二つに割られても、俺のなかからは仏も鬼も出てこない。

若者の飛び込みにより地下鉄が遅れ、尾形はグランドカンファレンスに15分遅刻してしまった。グランドカンファレンスとは、主任教授をはじめ、難波大学高度医療センターの局員全員参加で基本週に一度行われる、最も重要度の高い会議のことである。通常は19時から行われるのだが、今日はセンター長の指示により1時間早めて18時スタートとなったのだ。

「遅れて申し訳ございません！　愛知に講演会に行っておりました」

息を切らして席に着いた尾形に、冷ややかな目線が集まった。

「おや、これは尾形先生。今日も講演会出張だったんでしょう。精が出ますねえ」「難波大きっての補助人工心臓のエースですからねえ。先週も週刊誌に出ていたらしいじゃないの。しかも、セクシー女優のグラビアの隣に載っていましたよ」「有名になるのはいいが、そんな品のないページに我が難波大の名前が出ることは、どう考えておられるのかねえ」「スタンドプレーが目に余りますな」「講演会のご出演でいくら稼いでいるかは知りませんが」

息を整えながら縮こまっている尾形を見て、ここぞとばかりに先輩医たちが小声で皮肉を口にする。

「静粛に！　静粛に！　はじめますよ」

センター長である西主任教授が咳払いをして場を諫《いさ》めた。

「お疲れ様です。さて時間を前倒しで会議をはじめさせてもらったのは、本日16時、ＶＩＰ

患者が入院してきたからです。極秘扱いで願います。患者の名前は富田武三《とみたたけぞう》。84歳。皆さんもご存じでしょうが、富田自動車グループの富田会長ご本人です」

何人かが息を呑んだ。西は全員の顔を一度見渡してから続けた。

「梅田でクラシックコンサートを鑑賞中に突然胸の痛みに襲われ、異変を訴えたのが本日15時過ぎ。鑑賞前にロビーでグラスワインを1杯ほど飲んでおられた。自家用車で当病院に入られました」

「診断は」

「急性大動脈解離《かいり》。スタンフォードA型です。現在ICUにて絶対安静の状態。意識清明ですが、胸部の痛みが持続。痛み止めの持続注射。CTの結果、脳血管へのダメージは見当たりません。血圧123／83、体温35・3、脈拍66／分。持病の糖尿病があり、昨年腎症《じんしょう》で入院していますが、透析には至っていません。高血圧と高脂血症など6種類ほどの薬を服用されています。富田氏の手術はこの後、19時30分より行いたいと思います。というわけでただ今から予定を変更し、富田会長の個別カンファレンスに入ります。本件よりも緊急のものがある場合は今ここで挙手をしてほしい。グランドカンファレンスは、明日の昼に変更したい。時間は追って連絡をします。さて、富田会長の手術だが、尾形先生に執刀をお願いしたい。いいかね？」

尾形は即座に腕時計を見た。18時25分。大動脈解離は、高齢化が進むにつれどんどん増えている疾患だ。待機的に大動脈ステンティングができればいいが、緊急処置として人工血管置換《ちかん》術を行うことは、尾形にとっては、何も珍しいケースではなかった。ある日突然発症して、放置すれば発症後48時間以内に50％、1週間以内に70％、2週間以内に80％の確率で命を落とす極めて重篤《じゅうとく》な病態だ。手術には多くのリスクがつきまとう。しかし幸運なことに尾形はこの数年、発症後12時間以内で手術を行った患者で、3ヵ月以内に死亡した症例はゼロだった。

とはいえ患者の富田会長は84歳。今までの尾形の症例のなかで一番の高齢患者である。今年の正月だったか、新春放談と題したテレビ番組で、経団連会長や大物政治家たちとこの国の展望について憂《うれ》いていた和服を着た老人の顔を思い出す。オリンピックが終わり、想定していたバブル景気も思いのほか続かず展望のなくなった日本経済をどう建て直すのか。富田は矍鑠《かくしゃく》とした振る舞いで、若い政治家を叱っていた。富田は政治家に檄《げき》を飛ばせる、古き良き最後の経営者なのかもしれない。

「承知しました。すぐ準備に向かいます。私は19時スタートと考えますが」

「しかし、ご子息であられる富田武雄《たけお》社長がここに駆けつけられるのが19時過ぎということだ。福岡から今、向かっているらしい。付き添っている奥様が、息子の武雄社長が来るまで手術は待ってほしいと言っている」

「それは待てません。時間がない。合併症はありますか」

「今のところ大きなものはないようだ。スタンフォードA型が一刻を争うことは百も承知だが、尾形先生、ふつうの患者とは違います。富田自動車グループの社長が手術前に会長に会いたいと言っておられるのだから、突っぱねるわけにはいかないだろう。幸い意識もあるようだし、何よりも君はこの3年あまり急性大動脈解離の人工血管置換術を、すべて成功してきた。自信を持ってください。30分の手術開始の差が大きく影響するとは考えにくい。予定通り、19時30分から行う」

そのとき会議室の隅にある内線電話が鳴った。

ナースステーションから呼び出されたのは尾形である。電話の主は山口副看護師長だった。

「尾形先生、カンファレンス中に申し訳ありません。楓坂《かえでざか》総合病院の前園先生より電話です。杉浦みづきちゃん、急変です。救急車で今からこちらに搬送依頼です。尾形先生、このまま前園先生と直接話していただけますか」

あの子に異変が。

おかっぱ頭の愛くるしい少女の顔が尾形の脳裏に浮かぶ。

「ああ、頼む」

電話が前園医師に切り替わった。

「もしもし、尾形先生ですか。先生が2月に補助人工心臓手術を行われた心臓移植待機者の杉浦みづきちゃん、9歳。急激に心拍出量が低下しています。1時間前より意識低下、呼吸困難。塞栓症《そくせん》が疑われます。私のところでは手に負えません。今からそちらに緊急搬送させてください。緊急の開胸手術が必要かと思います」

選択の余地はなかった。楓坂総合病院から難波大学病院までは、土曜日のこの時間であれば20分で到着可能であろう。とすれば手術は19時30分過ぎからか。

「お願いします。万全の体制を整えます」

杉浦みづきは尾形が初めて、植込型小児用補助人工心臓手術を行ったケースである。

海外では当たり前になっている小児用のそれが、日本ではなかなか認められなかった。心臓移植待機中の子どもたちに移植手術までの〝つなぎ〟として、ようやく試験的に植込型小児用補助人工心臓が認められるようになったのは1年半前のこと。尾形にとってみづきは、初の小児患者であった。我が国での心臓移植待機期間は平均600日である。しかしそれは大人の患者の場合であり、子どもはその倍以上、つまり4年近く待たされるケースもあるわけで、間に合わずに亡くなっていく子どもも多くいる。

みづきの両親も、国内でドナーを待ちきれずクラウドファンディングによってアメリカでの手術費を募っている最中であった。クラウドファンディングで手術費を集める人は多く、最初の頃こそ国民の関心を集めたが、最近はあまりにも頻繁にあるため目標金額を達成するのは至難《しなん》の業《わざ》となりつつある。というよりも、国民の経済格差は拡大の一途で、高度医療を受けるひとりの子どもに募金どころではないというのが今の社会の空気だ。

それよりも、貧困にあえぐ子どものため、子ども食堂や児童保護施設に力を入れるべきだという声が大きい。補助人工心臓が娘の渡米の夢を支えてくれます！　ご協力お願いいたします！　と、苺のショートケーキを前にえくぼを作っているみづきちゃんのインスタ写真を、尾形は先週スマホで見たばかりだ。頼む。1秒でも早く来てくれ。……祈りを込めて受話器を置いて、尾形は溜息をついた。

会議室は尾形の一挙手一投足を見つめるように静かになっていた。尾形は、西センター長の席まで行くと、勢いよく頭を下げた。

「急なご相談で申し訳ありません。今から、3ヵ月前に私がオペをした9歳女児がこちらに運ばれてきます」

「杉浦みづきちゃんか。植込型小児用補助人工心臓の初症例ですね。楓坂さんが診ているはずでしょう？　何かあったの」

「急変した模様です。今、こちらに救急車で向かってもらいました。到着次第、緊急手術を行います」

西の眉間に皺が寄る。今から、ですか。

「今からです。この手術は私が担当しないわけにはまいりません。半ば試験的に行った小児の手術です。ということで富田会長の手術は、他の先生に執刀をお願いします」

「尾形先生、落ち着いてください。あなた、今やると言ったばかりじゃないか。富田会長ですよ。VIP中のVIP患者です。失敗するわけにはいかないんですよ！」

「しかし、今のカンファレンスから察するに、現状ならば他の先生方も経験があります。一方、みづきちゃんは私でないと……」

「ですから、そこをなぜ私が尾形先生にと言っているのかがわからないのですか」

わかりたくはない、と尾形は思った。

「しかし、です。富田会長の84歳という年齢を考えますと、オペが成功しても予後、再び今まで通りの健康体を保てるかどうか」

西の隣に座っていた難波大学高度医療センター事務長の朝野が咳ばらいをすると、上目遣いに尾形を睨みつけた。

「84歳だからどうだっていうのですか？　それを可能にするのが外科医の使命でしょうが。いいですか、尾形先生。我が難波大学高度医療センターのミッションのひとつをお忘れになったわけではあるまい。我々の最大のミッション。それは、主に富裕層や著名人、セレブリティの方々に、我が国最高峰の医療サービスを提供することだ。言わばこの国を動かす重鎮《じゅうちん》の命と健康を支えることです。あなたもこのセンターの一員である限りは患者を自ら選ぶという傲慢《ごうまん》さは改めるべきだ！」

そうだそうだと背中から先輩医たちが応戦していた。

「わかりました。出過ぎました。すみません。では、みづきちゃんの手術が終わり次第、サポートとして参加いたします」

「だ、か、ら！　尾形先生。君は先ほどから何をどこに向かって言っているんだね？」

「事務長。お言葉ですが、私は患者を選んでいるつもりはありません。しかし84歳の患者と、9歳の患者が目の前にいて、どちらかを優先せねばならないのなら、私は9歳の患者を選びます。当たり前じゃないですか！」

朝野事務長は鬼のようにぎょろついた目を充血させて、気づけば立ち上がっている。

「だから、それがあなたの傲慢さだと申している。社会的影響をお考えか！」

「すみません。お叱りは後からいくらでもお受けします。とにかく、私は杉浦みづきのオペの準備に入ります」

こら、待ちたまえ！　待たないか！　尾形はそのまま会議室を後にした。背中を凝視されるのは、夕方の仏像に続き今日は二度目だなと考えていた。


クラシックコンサート鑑賞中に、強い胸の痛みと吐き気を覚え難波大学高度医療センターに緊急入院。急性大動脈解離と診断され、その晩に緊急手術となった富田自動車グループの創始者であり、現会長の富田武三84歳は、術後に一時期容態は安定したものの、手術から13

日後に急変。翌朝、集中治療室にて多臓器不全のため帰らぬ人となった。もう二度とこの国には訪れないであろう高度経済成長期の立役者として全国民がその名を知っている、日本の大手の自動車メーカー会長の死は、ニュース速報で流れ、その日の日経平均株価を1000円も急落させた。

一方、心臓移植手術待機中で、難波大学高度医療センター初の植込型小児用補助人工心臓手術を行った杉浦みづきちゃんは、入院先の楓坂総合病院で、感染による塞栓症を起こし、難波大学高度医療センターに緊急搬送。心臓外科医のエース、尾形の執刀によって緊急手術となった。およそ6時間に及ぶ手術は困難を極め、術後すぐに血栓が脳に飛び重篤な脳梗塞《のうこうそく》を併発。手術2日後には脳死状態と判定された。

脳死判定の3時間後、みづきちゃんのご両親は、娘の臓器移植を申し出た。すぐさまこれを同院の倫理委員会が認定し、その2時間後には移植コーディネーターが到着。みづきちゃんの小さな肺と腎臓は、高度医療センター屋上からヘリコプターに乗り、難病に苦しむ他の子どもへと提供された。

尾形がシャツを汗で湿らせながら池田市にある杉浦家の自宅マンションを訪ねたのは、臓器提供が終了した2週間後のこと。みづきちゃんの内臓が空を飛んだあの日から、季節は確実に夏に進んでいた。

西日の差し込むリビングルームに置かれた真新しい仏壇に小さな骨壺があった。その骨壺を囲むようにして千羽鶴。生前みづきちゃんが病床で描いていたクレヨン画が数枚。青空の下の運動会の絵、海辺での水遊び、可愛い水玉模様の水着でプールではしゃぐ姿はみづきちゃん自身か。9歳の少女が願っても叶わなかった、ありふれた生活の風景だ。

そして仏壇の奥には〈ご仏前　難波大学高度医療センター〉と達筆な筆で描かれた香典袋が立てかけてあった。そして、活けられたばかりのピンクと白の紫陽花《あじさい》。

「みづきは6月生まれだったんです。もうすぐ10歳になるはずでした。生まれ月の花だからでしょうか、紫陽花が大好きでした。近くに久安寺《きゅうあんじ》というお寺さんがあるの知ってます？私ら地元では、お花の寺って言われていて。もうすぐ紫陽花がきれいです。みづきが病気になるまでは、毎年、紫陽花を見に遊びに行っていました。それより尾形先生、あまり眠れていないのと違います？　いややわ、その目のクマ。せっかくの二枚目が台無しやわ」

そう言って尾形に笑いかける若い母親こそ、だいぶやつれて艶を失くしている。

「ごめんなさい。僕はみづきちゃんに、必ずアメリカに行ってもらおうと思っていたのに。必ず心臓移植手術をさせてあげられると……本当にごめんなさい」

「頭を上げてください。先生みたいなお医者様が一々そんなこと言っていたら、身がもちませんよ。そりゃ、クマもできますわ。これが、みづきの運命でした。夫も私も、発病したときから覚悟はしていましたから。それよりも、みづきの臓器提供ができてほんまに良かった。

数年前に法改正されるまでは、子どもの臓器は移植できなかったでしょう。みづきの身体の一部が、他の子どもの命を救えているのなら、あの子の10年足らずの人生にだって大きな意味があったということです。たった9歳の子どもが他人様の命を救済できるなんて、すごいことと思いません。ねえ、みづき……」

「その、紫陽花の久安寺、でしたか。この足で寄り道してから帰ります。ありがとうございました」

尾形が、自分が救えなかった患者の自宅を訪ね、仏壇で手を合わせることは珍しいことではない。それを知っているのは、センター内の数人の看護師のみだった。感傷的な気持ちで足を運んでいるわけではない、救える命と救えなかった命、どんなに手術を重ねても、その境界線を医者として動かせるわけではないことを50歳を過ぎた今、ようやく実感できている。どんなに技術が進んだとて神の手など、人間は持てないのだと。

平成が終わって早5年、世界的に医療技術は発展している。最近は中国やインドからも瞠《どう》目《もく》するような研究発表が続いている。そのせいか、中国人の日本への医療ツーリズムも最近は影を潜めつつある。特に東京オリンピックの後、日本人の健康格差は中国を嗤《わら》えない状況にある。国民皆保険制度はかろうじて続いているが、企業年金制度はほぼ破たん状態、若い世代において保険料未払いは増える一方である。新しい薬の開発が進んでも、なかなか保険適応にならないから市民の手には届かない。

先日の大手新聞社のアンケートでは、この国に希望を感じないと答える20代が8割、百歳まで生きたくないと答えた70代以上も8割に上ったという。生涯未婚率も上がる一方であり、5年前は年間4万人といわれていた孤独死は、今や10万人超と言われている。

関西にいる限りはそれほど感じないが、学会などで月に一、二度東京出張に出かける尾形には、その空虚さが痛いほど身に沁《し》みる。銀座のシンボル的存在だった老舗デパートも、昨年、中国資本に買収された。銀座界隈《かいわい》を歩いていてもホテルやレストランは、英語よりも前にハングルや中国語を併記している。病院もしかりだ。しかし、当の中国、韓国人観光客は「もう東京には魅力を感じない」ということで減り出しており、アジアの観光客を狙った店やホテルが潰れはじめた。かつて一泊3万円近かった新橋のビジネスホテルが、先月の出張の際に2800円で泊まれたのには驚くというより不安になった。その隣にあった老舗一流ホテルは、いつのまにか、富裕層向けのサービス付き高齢者住宅に変わっていたので、尚のことであった。〈銀座も皇居も徒歩圏内！　憧れの高級ホテルが、あなたの終《つい》の棲家《すみか》として生まれ変わりました〉と掲げられた看板も、せつなさを誘うだけだ。

高額医療費制度は一昨年から大きく変化し、一部の医療は高収入の人しか受けられなくなっている。尾形のフィールドである補助人工心臓だって、3Dプリンターの技術革新によって低価格で良いものができるようになったとはいえ、もはや高齢者の誰もが受けられる治療ではなくなった。

自分は一体、誰を幸福にしているのだろうか。

枯れた紫陽花にどんなに水をやってももう一度色彩が戻ることはないように、死すべき定めの命に何かを施しても、いたずらに家族を翻弄《ほんろう》させて終わることもある。あの夜、自分は結局、84歳の命も9歳の命も救えなかったのだ。事務長の朝野の声が耳にこだまする。

「患者を自ら選ぶという傲慢さは改めるべきだ」

尾形はいつの間にか、久安寺の正門前に立っていた。

荒々しい鎌倉期の仁王像が立つ楼門をくぐれば、突如目の前に広がる木々の緑が眼鏡を通して目に沁みる。尾形の日常には存在しない生命に溢れんばかりの緑色であった。本格的な夏の到来を前に、木の葉一枚一枚、葉脈一本一本が歓喜に湧いており、背中を丸めた五十男の来訪をせせら笑っている。さらに歩みを進めると鐘堂《しょうどう》が待っていた。側の石碑に書かれた「はじめに真実あり、梵音となりて虚空に遍じ、心の耳を驚かせて仏性を睲《さ》ます。歓喜の声常に新たなり」と書かれた言葉の意味を検索しようと、汗ばんだシャツのポケットからスマホを取り出してみると、着信履歴が3件。病院からかと思いきや、その3件とも妻の佳菜子《かなこ》からであった。

いつだって容赦なく尾形は現実に呼び戻される。研修医時代にポケベルを持たされてから、ずっと。佳菜子と見合い結婚する前から、ずっと。

長いコール音のあと、わざとらしいほどゆっくりと佳菜子が出た。

——お電話くださるとは思わなかった。今どこにいらっしゃるのかしら。

わざとらしい抑揚《よくよう》のなさは今にはじまったことではない。しかし取って付けたような敬語のときは要注意。

「今、池田にいるんだ。先日亡くなられた患者さんのお宅にご挨拶に来ていた」

——ご立派ですこと。家族の誕生日は忘れても、患者さんご家族へのご挨拶はお忘れにならないのだものね。あなた、今日は17時には帰ると仰っていたでしょう？　できない約束ならば、するものではないわ。何年言い続ければおわかりかしら。

「だから、忘れていたわけではないよ。そのヘンな敬語はやめてくれないか。今から帰るから18時半にはなんとか。菜々《なな》にもそう言ってくれ。車を出すよ」

小さく冷たく、妻が笑う。帝塚山《てづかやま》の静まり返った高層マンション。我が家のリビング。薄く埃《ほこり》を被ったダイニング。

——もう結構です。菜々はお友達と食事に行くそうです。私も今から出かけますから外でお食事をしていらして。冷蔵庫には何もないですから。

「なんだよそれ。当てつけか？　菜々の誕生日を忘れたわけじゃないと言っているだろう。プレゼントだって買ったんだ」

——当てつけって、何を言ってるの！　菜々がね、しばらくあなたと出掛けたくないって。お友達に何を言われるかわからないからって。

「それ、どういう意味だ？」

——どういう意味って、こっちが聞きたいわよ。えっ？　……嫌だ、嘘でしょう？　昨日出た週刊誌、まさか知らないわけではないですよね？　えっ？

「週刊誌？　昨日は夜通し緊急オペだったからわからない。はっきり言ってくれよ、なんのことだ？」

大きく冷たく、妻が笑いだす。

——それなら、今すぐお買いなさいよ。日本中にたくさん売っているんだから！　熱血心臓外科医の尾形先生。貴方はそれで、充実した素晴らしい人生かもしれません。人の命を救うためにはなんでも犠牲にできる熱い男でいらっしゃるんだから。でも私にだってね、PTAのお付き合いも、お習い事のお付き合いもたくさんあるの。私には私の世界があるの。あなたの野望や自己陶酔《とうすい》に壊されたくはないの。患者の気持ちを考えているふりしてさ、自分のことしか考えていない。医者なんて結局、そんな生き物よ。自分のことしか考えていない。聖者のふりした悪魔だわ！

電話が切れた。

しかし尾形は、妻の不機嫌よりも、週刊誌云々というのが気になった。とてつもなく嫌な予感がして、視界の緑が色褪せていく。慌てて阪急宝塚線池田駅に戻ると、売店で妻の言っていた週刊誌を買う。尾形も知っている若手人気女優の、挑《いど》むような目つきの表紙。そのグラビアの豊満な胸の谷間あたりに、自分の名前が躍っていた。

〈スクープ！　突然死の富田グループ会長は本当は助かるはずだった！　経済界のドンを見殺しにした難波大の花形、尾形医師の傲慢〉――俺のことなのか、これは。

〈補助人工心臓の神の手として、今やメディアに引っ張りだこの二枚目ドクター、尾形紘センセイ。しかしそのスタンドプレーに難波大も手を焼いていたと関係者は語る。体調異変を訴え緊急搬送された富田会長の手術を拒否し、上司たちが止めるのも聞かず、助かる見込みがほぼなかった心臓移植待機少女の手術へと駆け込んだ。

84歳の高齢者よりも少女の命のほうが重い、と手術直前に啖呵《たんか》を切り執刀を断ったというのだから、いやはやご立派であると同時に、富田会長に対してのあまりのぞんざいさ。編集部の取材に対し、富田会長の親族は「我々は昔から難波大学を信用し、同大の医療発展のため度々の援助も行ってきた。その金額は億単位に上るだろう。今回の事態は看過することはできない。もし他の病院に連れて行きさえすれば、会長が生きていたかもしれないと思うと、無念でならない。事実を確認次第、同大と尾形医師に対しては、法的措置も考えている」と答えた。尚、尾形医師の妻は、富田家の遠縁にあたるというから、さすがの神の手も公私ともに穏やかではないだろう。記者は3日ほど尾形医師の自宅高級マンションの前で本人を待ったが、この期間、帰宅した様子はなかった〉

俺のこと、らしい。さらに動悸が激しくなる。

記事を読んで、何十年かぶりに思い出していた。佳菜子の母方が、富田家と遠い親戚筋であることを。

ホームに滑り込んできた阪急宝塚線の窓に映る、酷く疲れた自分を見つけた。死んだ親父よりもだいぶ歳を取っている。忌々《いまいま》しく週刊誌を鞄に仕舞い、昼間、阪急デパートで買った、今日で17歳になった娘への馬蹄《ばてい》型をしたゴールドネックレスの箱をたしかめた。ああ、しまった。鼓動がさらに激しく打った。菜々へのこのプレゼント、昨年のクリスマスに買ってやったものと、もしや、まったく同じものじゃないか。そう気づいた瞬間、憮然とする娘の顔と、溜息をつく妻の顔が交互に浮かんだ。

一度、佳菜子にも同じミスをしたことを思い出す。妻の誕生日に2年連続で同じブランドの同じ型の赤いバッグを買ったのだ。明日、質屋に出すからいいわよと言った妻の機嫌を取るのが急に馬鹿馬鹿しくなり、その翌年からは花束にしたが、それも何年か前からはやめていた。同じものを買って、それの何が悪いんだ？　こんなに毎日必死で働いている。50年以上生きてきて人生をサボったことも手を抜いたこともない。父親の死後、懸命に勉強して医学部に入り、そこからずっと真面目に生きてきた。難波大には、うまく立ち回ることばかり

に長け、医療の仕事に懸命じゃない坊ちゃん育ちがたくさんいるというのに。それなのにな
ぜ、俺だけが責められる？　俺に何が足りないのか？　乱暴に鞄をあけて、一度仕舞った週
刊誌を駅のホームのごみ箱に叩きつけるようにして捨てた。本当は胸のスマホも、こうして
叩き割って捨てたいくらいだ。

呑むか、たまには。とびきり大衆的なにおいがする梅田地下街の居酒屋で、浴びるように
酒を呑みたい。その後は？　その後など、知るものか。退職願の書き方は、明日調べればい
い。ふと見上げた地下鉄の連絡通路の壁広告にも、自分の名前を見つけた。

皆さん！　この雑誌に書いてあるこの名前、俺のことです！　間抜けでしょう？　俺、人
殺しらしいんです。笑ってくださいよ！　そう叫べたらどんなに楽だろう。

人生のゲームオーバーは、ある日突然やって来るのだな。そう思ったら、不思議と笑みが
浮かんでくる。補助人工心臓のやめどきは知らないが、医者のやめどきなら俺は知っている
ぞ。今だったら、あの愛知での講演会にいた、サングラスの老医にそう反論できる気がして
いた。

女流作家、澤井真子

その影響力は平成の終焉《しゅうえん》とともに終わっていたとしても、かつて性愛小説の女神とまでもてはやされた作家の澤井真子が、70歳を目前にしてアルツハイマー型認知症を告白し、それでも書き続けると宣言したというニュースは文芸誌を越えて、テレビや週刊誌にとっても、半日のあいだは世間を賑《にぎ》わすくらいのインパクトはあったようだ。

なぜ自身の病状を公表しようと思い立ったのか。それには、意外なほどに春に受けた取材の若い女性記者の一言が効いていたのは真子しか、いや真子さえも知らない真実である。

「ところで先生は、いつまで小説をお書きになるつもりでしょうか」

その残酷な質問への答えは真子自身が、一番よくわかっていた。

実はとっくの昔に性愛小説など書けてはいなかった。50代までは精一杯書いた。体力にものを言わせて頑張れた。とっくの昔に置いてきた甘やかな感情と性欲を、掘り起こしては耕し直し、書き続けた。それでも50半ばで耕し続けた畑は更地になり枯れた。人生の甘い果実などもうどこにも落ちてはいない。エストロゲンだとかいう女性ホルモンがなくなったら性愛は書けないのか。性愛小説家の〝やめどき〟はとうに過ぎていたことを、あの若い女記者の言葉で自覚した。私は筆を折らなければならないの。たしかに、同年代の人はそろそろセカンドライフとやらを視野に入れている時期であろう。だけど自分から小説を取ってしまって、一体セカンドライフに何をすればいいのだろう？　真子には、執筆以外に本気でやりたいことなどひとつも見つからなかった。自分から小説を取ったらただの能無し女である。

夫もいない。家族もいない。旅行は若い頃にさんざん行き尽くした。ビジネスクラスに乗ったことも数えきれない。美味しいと評判の料理もワインも通り過ぎた。今は寿司さえあれば十分。友達ならばたくさんいると思っていたが、あるときから、一緒に食事や遊びに行っても昔ほどは楽しめない自分がいた。その何人かは今、孫の学費を支払わされていて贅沢ができないと嘆《なげ》いている。何人かいる男友達はすっかり枯れてしまい、外食に誘っても腰が痛いとか膝が悪いとかで億劫がってばかりいる。年をとると男のほうが出不精になるのはなぜだろう。

友達などあてにならないと思う真子自身、記憶力が著しく低下していることに気がついていた。あれとかこれとか、固有名詞が出てこないくらいならどうということはないが、過去の時系列を辿《たど》るのが難しいと思うことがしょっちゅうあるのだ。一本のロープになっていた記憶がぱらぱらと解《ほど》けて、たくさんの細い紐状に毛羽《けば》だっていく感覚があった。

「認知症かどうか確かめるために病院に行ってみようと思うの」

週に二度ほどやって来て、事務作業の一切を取りしきってくれている秘書兼アシスタントの吉池美和は、その言葉を聞いた直後、安堵のあまりか、力の抜けたような表情となったのを、真子は見逃さなかった。キーボードを動かす手を止め、待っていたとばかりに真子に向き直った。

「そうですか。わかりました。先生ようやく……少し待ってくださいね」

そしてなんということだろう、パソコンからいくつかの資料をすぐにプリントアウトして真子に見せた。待ちかねていたようにレーザープリンターが素早い音を立てて紙を吐き出す。

「良かったわあ。やはりご自覚があったのですね。いえ、自覚症状がなくても、そろそろ私から切り出さなきゃと思っていたのです。近くでいくつか認知症で評判のいいクリニックをピックアップしていました。だって今の日本は、認知症の人が多すぎるでしょ？　普通に検査を申し込んでも半年は待たされるんですって。だから、ここは作家・澤井真子であることを名乗って、取材も兼ねてると言って腕のいいお医者様の行列に横入り。役得《やくとく》ですよ」

美和が真子の手伝いをはじめたのは25歳のときだった。それから25年、真子の仕事に付き添ってくれている。その間に、大学時代の同級生と結婚し、娘をひとり産んだが、そばかすとシミの数が増えたくらいで若かりし頃とたいして変わらない。余計なことには口出しをしない彼女が、しかし認知症のクリニックを密かに調べていたという。自分の変化を、自分よりとっくの昔に気がついていたことに、どこか裏切られていた気にさえなる。

「美和ちゃん、いつからそう思ったの？　いつから私は変だった？」

「いつから、と言われても。さあ、いつからでしょうね。最近かと言えばそんな気もしますし、でも3年くらい前から、あれ？　と感じることはありましたね。ぼーっとしていることが増えたでしょ。そして同じ質問をよくされるようになりました。物をなくされたとき、私のせいにすることも」

「なぜもっと早く言ってくれなかったの？　酷いじゃないの」

「歳を取ったのだと思っていました。でも、それ以上の違和感を覚えるようになったのはこの1年くらいです。あの人に電話はした？　あの人の本は買った？　あの原稿は送ったたっけ？　そんな会話が何度も。何度も何度も。私が答えても上の空、心ここにあらず、という感じですよ。昼間にウトウトしてうなされているときもあるし……」

真子は苛立った。

「なるほど。それをあなたは冷酷に観察していたわけ。私がボケていくのを」

「冷酷にだなんて、そんなわけがないでしょう。私も戸惑っていたのです。先生を傷つけたくなくて、だから言い出せなかった。そんなことより、検査です。早く診断をつけてもらったほうがすっきりするでしょう」

「他にも言って頂戴。私の変化、私のおかしいと思うところを」

「うーん。ご自覚があるかもしれませんが、ここ最近、先生は死にたい、死にたいと口癖のように呟いています」

「それはおかしくないでしょ、だって死にたいもの！」

「ということは、先生、鬱《うつ》かしら。希死念慮《きしねんりょ》っていうやつかしらね」

「そんなんじゃないわよ。だってもう、何もいいことなんてないじゃない、私の人生に。いいえ、この国の未来に。もう誰も小説なんて読みはしない。高齢者ばっかり、貧乏人ばっかりになって誰も本を読まないこの国で、小説家を続けてなんの意味がある？　死にたいわよ。まだ50歳のあなたにはわからないかもしれないけど。ねえ美和ちゃん、このこと誰かに言った？　言っているのでしょう？　編集者たちに、澤井真子はボケてるって！」

「言うわけがありません。先生がボケてるなんて言ったら、私も仕事を失う可能性がありま す。悲しいことを言わないで。私たちは運命共同体です。大丈夫、まだ誰にも気づかれてい ないと思いますよ。先生はもともと天然っぽいところ、ありますから」

そう言って笑う美和は、本当に味方かそれとも陰で欺《あざむ》いているのか。だけど美和を信じるしかない。美和を裏切り者だと考えれば、明日から本当に暗闇だ。生きていく手立てがなくなってしまう。一瞬真子の胸に落ちた暗い影を見透かすようにして美和は続ける。

「先生、これだけは覚えておいてください、原稿には、今現在、おかしなところは見当たりません。原稿を読む限りは、いつもの真子先生です」

「ねえ美和ちゃん。私の書く原稿、面白いと思う？　ちゃんと筋は通っている？」

「ええ、変わらず。私は澤井真子の一番熱心なファンですからね」

これは美和の常套句《じょうとうく》だ。真子が自身を失くすたび、美和はこの言葉を処方箋《しょほうせん》のように差し出すのだ。

「そう。それは信じたいけど。でもあなただけは、私に嘘を言わないでほしいのよ、お願い、あなたに嘘をつかれたら私、どうすることもできない」

「嘘は言いません。原稿がおかしくなったら、すぐに申し上げます。真子先生、でも、いつまで原稿が書けるのかはわかりません。来年のことは誰も保証してくれません」

「だから、書けなくなったら生きている意味なんてない。あなたと違って家族もいない。親ももういない。だから自分の後始末は自分でつけられるし、つけたいのよ」

悲しそうに美和は笑う。

「そう思われるのならば、今からするべきことはふたつです。まず、私と一緒に専門クリニックへ行くこと。認知症と診断されたら、進行を遅らせる手立てがあるなら、それらを全部試すこと。そしてもうひとつは……」

「もうひとつ?」

奥二重の瞼《まぶた》からのぞく瞳をわずかに泳がせながら美和は言った。

「もう一度、ベストセラーを出すことです。歳だ歳だと仰っても、先生はまだ、60代ですよ。女の平均寿命まであと20年もあるんです」

「お婆ちゃんになってから、あと20年も生きなければいけない。うんざりしない女がこの世にいるのかしら。娘時代はあっという間だったのに、お婆ちゃんでいる時間がこんなに長いなんて理不尽よ！」

「真面目に聞いてください。正直、今の貯金を切り崩して生きていくのは不安です。先生は、生活を切り詰めた経験なんて、ないでしょう？　だからもう一度ベストセラーを出さないと。それに」

「それに？」

「ここで終わる、真子先生ではないです。もう一度、世の中を騒がせる作品を書いて終わるべきです。もう一度」

不覚にも真子は泣きたくなった。

天涯孤独《てんがいこどく》な女、と自分を揶揄《やゆ》してエッセイを書くことがときどきあった。しかし、いつも傍らには美和がいた。美和はいつだって、必要以上にこちらの心に踏み込むことはなかった。その美和の言葉だからこそ重くて優しい。昨日、編集者の浦瀬が持ってきてくれたクリーム色した小さな紫陽花の花束のような美和。いや、浦瀬は本当に来たのだろうか？　何をしに？　でも自分では決して買わない色の花がそこにある。

「美和ちゃん、死にたい。やっぱり死にたい。わからないのよ、昨日のことが！」

「先生、今日本のシニア世代は3人に1人。そのうちの2人に1人が死にたいと思っています。死にたい60代は、メジャーなんです。いっそ、その〝死にたい〟を小説になされればいいと思うのですが」

「死にたい、を小説に？」

「先生がハッキリと死をテーマに小説を書かれたのは、『愛の受難曲』だけですよね。あれきり、まるで死を避けるようにして、お金と性の匂いのする男女のお話ばかりを書いてきて」

美和の声を塞《ふさ》ぐようにして真子は突然の耳鳴りを感じる。

「わかった、わかったからその話はしないで。ねえ、紅茶を飲みながら一緒に検査に行く病院を決めてくれないかしら。今日はすっきりとセイロンティーにしましょうか。昨日、取材でいただいたブランデーケーキも食べないといけないし。もちろん、美和ちゃんの好きなアールグレイでも構わないけれど」

……そう、若くないのだから多少の物忘れなんて気にすべきではない。認知症の検査に行くくらい、どうということはない。ただの老化、疲労からきている物忘れだときっと医者に一蹴《いっしゅう》されて終わることだろう。取材と思えば気持ちは楽だ。紅茶を淹れよう——流し台にはまだほの温かく香るセイロンティーの茶殻と、ブランデーケーキの銀の包み紙が捨てられてあった。

誰なの？　私の行動を先取りするのは。

そしてすぐに我に返った真子は、今のこの心境——紅茶を淹れに来たのに、すでに出がらしの茶葉を流しの三角コーナーに見つけて戸惑う私のことを、作品のなかに書けば良いのだ、いや書かねばならないと思い立ち、古びれた海馬にある短期記憶の小箱にセイロンティーの香りとともに今を仕舞った。


日比谷の高級ブランドショップが並ぶ通りは、何度も訪れている場所であった。しかし、この通り中央の、1階に寿司屋が入っているビルの5階に、認知症外来専門の〈ピースフルクリニック〉があったことを真子は知らずにいた。

真子はそのクリニックで、「中等度のアルツハイマー型認知症」との診断を受け、その瞬間から「認知症患者」となった。隣で美和が、一生懸命メモを取っている。桜、猫、電車を逆から言わされるのをテレビで見たことがあったので、真子は必死にその練習をしていったのだが、そうした記憶力の検査はあまり意味がないとされ一昨年で廃止になっていた。スクリーニングとして一般的な知能テストのようなMMSE検査、甲状腺《こうじょうせん》機能を含む血液検査、そしてCTスキャンやSPECT検査。それらを、国立長寿医療センターが監修したビッグデータにかけて診断がその場で下る。

半日かけてヘトヘトになったが、このままじゃ終われないと、すべてを取材のつもりでしっかり美和にメモを取らせ、ときにはテープレコーダーを回しながら検査を受けた。

その蔦野《つたの》という名の医師の柔和な顔ならば真子も何度かテレビで見たことがある気がした。高齢の女性が多く来るからであろう、書棚の上にはマリー・ローランサンのシルクスクリーンが立て掛けてある。

「検査の結果、軽度に近い中等度のアルツハイマー型認知症と思われます。脳の血流が少し低下していますね」

わかってはいた。そのために今日、ここに来たはずだった。いや、違う。わかっていた悪魔の宣告を、なぜわざわざ聞きに来たのかが、真子はわからなくなっていた。誰の仕業だろう。私はこんな言葉を聞きたくなんてなかった。自分が認知症になったと知ることの意味とはなんだろう。ただ楽に、痛くなく、恥をかくこともなく死にたかっただけなのに。

混乱する真子を宥《なだ》めるように5階の特別診察室からは、日比谷公園の青々とした緑が見えた。その向こうには積乱雲が驚くような速さで動いていて、国会議事堂を包み込もうとしていた。

「アルツハイマー型だと思われる、というのはどういうことでしょうか」

真子は控えめな口調で医師に訊く。心配そうに美和がこちらを見つめている。

「そうに違いないということです。残念ながら、頭のなかをあけて見られるわけではありませんから、検査の結果、そう推測されるということです」

「他の認知症と、どう区別をなさるの？」

「症状からしか区別はできないのです。数年前まではアルツハイマー型の場合は、脳にアミロイドベータというたんぱく質が蓄積することで正常な神経細胞が壊れて脳が萎縮《いしゅく》すると考えられていました。しかし、それは間違いではないか。原因は他にあるということで、犯人捜しの研究が世界各国ではじまっていますが、今のところ真犯人はまだ同定できていません。アルツハイマー型と区別をされている脳血管性認知症、これは、アルツハイマー型についで多く、認知症の約２割を占めると言われています。脳梗塞や脳出血など、脳の血管障害によって起こる認知症です。これは原因がはっきりしています。徐々に脳の機能が低下することで認知症や運動障害が引き起こされます。そして今、急激に増えているのがレビー小体型認知症です」

「ああ、幻視とか幻聴があるっていうあれね。最初は虫が見えるのでしょう？」

若年性レビー小体型認知症になったという50代の女性が書いた手記を、10年近く前に読んだことがあった。なぜかはわからないが世界共通して、レビー小体型認知症の人の多くは最初に虫の幻視が見えるのだという。

まるでカフカの『変身』のようだと、真子は作家として興味を抱いたのだ。その彼女の手記も、たしか、虫の幻視からはじまっていた。ある夜、ひとりで車を運転していたときにフロントガラスに巨大な蛾が張りついた。茶色く光る蛾の眼球と目が合った。彼女は悲鳴を上げて、あわててハンドルを切って急停車したという。もう一度目を見開くと、蛾の気配はなかった。大都会にそんな大きな蛾がいるわけがないと冷静に考え、彼女は、今のは自分の脳が作り出した映像だったのではないかと予感する。

真子は思い出しながら自分で驚いていた。10年前に読んだ本の詳細ならばこんなにはっきりと覚えている。それなのに私が認知症だというのか。しかし、昨日の夕食のメニューは？　そして今朝の朝食は？　どんなに頑張っても思い出せない。

「さすがは作家先生だ。医者より詳しくおられる」

にこっと笑う目の前の医師の顔からは悪意は感じられず、真子はつい安心して、饒舌になった。認知症患者という烙印《らくいん》を押され、絶望の闇に躓《つまず》いて落ちないように、饒舌でいなければならなかった。でも喋っているうちに、自分がなぜ今ここにいるのかわからなくなる。気がつけば美和が、そっと自分の背中に手をあてていた。その生温い手の感触が気持ち悪く、ついその手を払ってしまい美和は驚いていた。そうだ。これは取材だ。私は弱いだけの患者ではない。話題の認知症専門医への取材。作家としての鎧《よろい》を被れば、どんな場所に行くのも平気。どんな話も怖くはない。

「どうせならレビー小体型認知症のほうが良かったわ。幻視があるなんて、そのほうが小説のテーマがいくらでもありそうだもの」

「いえいえ、アルツハイマー型認知症だってなかなか文学的ですよ。人間はつまり、記憶で社会生活を営んでいるわけですから。あなたは先ほど、自分が自分でなくなるのがたまらなく怖いのだと仰った。しかし、記憶がないと、自分は自分でなくなるのでしょうか。医者の私にはとうてい辿り着けない解です。ですから澤井先生の今度の作品は大いに期待いたします。私の妻は、あなたの作品の大ファンですから。特に『愛の受難曲』がね」

窓から零《こぼ》れる夏の夕光が眩しく、真子は目を細めた。

「美和ちゃん。昨日、私は晩ごはん食べたかしら」

隣に座っている美和に尋ねる。

「食べましたよ。でもそうね、メニューはなんだったかしら？　私も思い出せません。覚えておくに値するほど美味しいものではなかったということでしょうね」

悪戯《いたずら》っぽく美和が言い、蔦野が笑みを投げかけた。

「昨日のメニューなんて僕もすぐには言えないなあ」

その瞬間、なぜか急に怖くなる。ときどきこういう、感情の大きな揺れが起きる。

「認知症と診断されたら、その後はどうすればいいの？」

「進行をゆっくりにするお薬があります。しかし、回復する薬ではありません。9ヵ月〜1年くらい遅らせることができるとされているだけです。我が国では3年前まで保険適応でしたが、しかし現在、抗認知症薬はすべて保険適応からはずれました。フランスやアメリカに倣ったのです」

「なぜ？」

「たいして効果がないことがわかったからですよ。しかしこれも個人差があります。効果を実感している人もいます。私も多くの患者さんに処方してきました。不思議なもので、この薬は絶対にあなたに効きますよ、と患者さんの目を見て念を押して出したほうが、効果があるのです」

「プラセボってやつね。その薬を飲むと、どうして進行を遅らせることができるの？」

「記憶に関する神経伝達物質であるアセチルコリンというのを、脳内に留めておく働きがあります。アルツハイマー型認知症になると、このアセチルコリン量が脳内から減っていき、さらに分解しようとする酵素が働いて、記憶を阻害すると考えられています。また、最近の調査では、この薬を飲むことによって海馬《かいば》の萎縮が抑えられるという報告もあるのです。しかし、アミロイドベータ犯人説が怪しくなっている今、この薬がどこまで有用かは定かではありません。エビデンスはどうにでも作れるものなので。しかし、澤井さんの海馬がかなり萎縮しているのは事実です」

真子は、自分の脳の断面をCT画像で初めて見た。

「これ、私の海馬？　なぜ縮まっちゃったのかしら。作家や芸術家は認知症にならないと聞いたけど、あれは嘘だったのね。先生、私はあと何年くらい小説が書けるかが知りたいのです。小説が書けるのであれば、どんな薬でも飲みたいわ」

絵画のなかの乳色の肌の女が、小馬鹿にしたような笑みで白壁から見下ろしていた。

「アルツハイマー型認知症の進行は、比較的緩やかですよ。しかも澤井さんの場合、早期発見に近いですから、まだたっぷり時間はあります。短期記憶の障害、つまり物忘れは、AIを使用することにより、生活の負担にならなくなってきています。サプリよりもAIアプリの時代です。覚えられない記憶はAIに託せばいい。昨日食べたものも、会った人も、飲んだ薬もあなたの代わりに記憶させてしまえばいいのです。それでもこの先、時間や場所、人の顔などが不明瞭になっていきますから、そうすると少しずつ生活に支障が出てくることは間違いありませんが」

「人の顔まで。……あれね、あなた、どちら様？　と親に言われて子どもが絶望に陥るっていう、ドラマでよくあるシーンね」

「物忘れは、まずは最近のことを忘れていきます。そこから、徐々に昔のこと、若いとき、子ども時代までの記憶も失っていくとされていますが、これも非常に個人差があります。定年した男性で、家の場所はわからなくなっても、仕事時代のことや会社の場所はしっかり覚えているという方もたくさんいますから」

蔦野医師の話を聞きながら、真子は最後の最後まで自分に残る記憶は一体なんだろうと考えていた。そこで現れた記憶は明け方の病院の個室。抗がん剤を打ち続けてボコボコとむくんでしまった、小さな腕。冷たくなっていく足。

「でも、海馬というのはたしか、短期記憶を司《つかさど》る場所なのよね。長期記憶、つまり昔の記憶を保存しているのはまた別の場所でしょう」

「ええ、仰る通りです。海馬が縮むだけでは過去の大事な記憶は無傷ですよ。ですから、多少の海馬の萎縮が先生の創作活動に影響を与えるとは思いません。お薬が必要かどうか。それを決めるのは澤井さん、あなた次第ですよ。あなたが何に困っているのか。何に不安を抱くのか。今すぐ薬を飲む必要はありません。飲んだほうがいいとご自身で判断したときに、お飲みになればいい。処方はしておきますがね」

「あなた、変わった先生だわ。ふつうは医者が処方したら飲みなさい、ということでしょう。飲まなくても、いいの？」

「いいですよ。私は、もはや認知症が病気だとは思えないのですよ。死ぬ前に、嫌な記憶を取り去ってくれるなら、それはそれで悪い話ではありません」

空の唸《うな》る音がしてまもなく、国会議事堂の上に稲光が光るのを真子は見た。そう言われてしまえば、それだけのことのような気がする。昨日まで不安になっていた自分が滑稽《こっけい》にさえ思えてくる。

「では私はこの後、どうすればいいのかしら？」

「好きなことだけやって、好きなものだけを食べていただければいいのです」

「薬を飲むのも飲まないのも、私の自由でいいのね？」

「かまいませんよ。よく考えてみてください。嫌いなことをやらずに、好きなことだけやる。これは現代社会において、不可能に近い生き方です。残念ながら私は医者ですが、医者をやっていること自体、私の好きなことではありません（笑）。本当は私もあなたのように小説家になりたかったんですよ。もっぱら私はミステリー小説ですがね。松本清張に憧れていましてね。医者の仕事なんて本当は好きじゃない。だけど、認知症、脳の病気というのは実にミステリアス。だから自ずと認知症専門医となったのです」

その日の稲光は東京の夏の風物詩となったゲリラ豪雨まではもたらさずに、雲の合間からは晴れ間が戻ってきた。認知症の烙印を押された記念日だというのに、帰りのタクシーのなかで真子はどこか晴れやかな気持になっている。

「美和ちゃん、私、書くわ。自分の今を書くの。認知症になっても小説が書けることを証明するのよ」

久しぶりに胸が高鳴る。あの医者のおかげか。もう名前は思い出せないが。

「広尾の駅前で降りて何か食べましょうよ。そうね、お寿司でもいいわね」

「今、クリニックの帰りにミッドタウンでお寿司を食べたじゃありませんか」

美和は笑いながら、スマートフォンの画面をいじり、中トロと雲丹の軍艦の写真を真子に見せた。さっきの医者は、診断の終わりにこうも言っていた。

「認知症の患者さんにおいては、もしかすると国民皆保険制度が撤廃《てっぱい》されたほうが幸せになるかもしれませんね」

なんで幸せになるのか、と真子は尋ねた記憶もあるが、その答えはもう思い出せない。

次回の号で巻頭8ページをあけるので、病の詳細を書いてほしいと正式に依頼してきたのは、老舗月刊誌『永遠』の副編集長、高城《たかしろ》であった。

『文藝世界』ではなく、別の出版社の『永遠』の編集部に電話をしたのは、真子からである。少しの勇気を必要としたが、真子はこう切り出した。

作家が認知症を患いながらも作品を書くことに興味はないか、もしおたくが乗るのであれば、私は自分の症状をマスコミに告白したうえで書く決断をする、と。『文藝世界』に電話をして、もしもまたあの若い女記者が訪ねてきたら、書きたいことも取り繕ってしまいそうな気がしていた。自分の全盛期を知らないくせに、訳知り顔をした若い女に対して虚勢《きょせい》を張ってしまいそうな自分が嫌だった。

しかし副編集長の高城は、あまりいい反応を示さなかった。

「有名人の認知症闘病記はもはや、ありきたりのテーマであって、読者もお腹一杯じゃないですかねえ」と言い放ち、こう続けた。

「それに、がんみたいに終わりが見えていたらいいですが、認知症は長いですしねえ。ウチの雑誌の読者も高齢化が進んでいるので、がんみたいな短期決戦もののほうが読まれるんですよね」

しかしそれから5日ほど経った午後。

「一度も結婚をされず、自分のことは全部自分で決めてきた元祖・おひとりさま女性作家ともいえる澤井さんの視点で〈シングル高齢者が認知症と診断されたらどうするか〉について書いてほしい」という電話が来たのである。

電話をする真子の横で、美和が聞き耳を立てている。

高城は、昔から大雑把で細かいことを気にしない男だった。ズケズケと物を言うものだからしょっちゅう失敗して、上司から怒られつつも、作家からは愛される編集者だった。だからこそ、こういう話をしやすかった。

さっそく真子は依頼通りのエッセイを書いた。記事はすぐさま話題となり、高城から再び電話があり、今度は闘病についての長期連載をしてみないかと言う。

「でも私、希望に満ちたようなことは書けないわ。高城さん、私は今、無性に死にたいのよ。もう楽しいことなんかひとつも待っていないからね。毎日死ぬことばかりを考えてる。だから、この前の原稿には書かなかったけれど、認知症の症状が進んだのなら、安楽死をさせてほしいと実は願っているの。だってオランダとスイスでは、もう認知症の人の安楽死は当然のように行っているという話よ」

「あいかわらず澤井先生は極端だなあ。そんなことしなくったって、どうせ人間、すぐに死んじゃいますよ。わざわざ急いで死ぬことはないと思うけどなあ」

「極端なんかじゃないわよ。認知症で記憶を失って、自分が自分でなくなったなら、どうして作家が生きていけると思う？　他の職業ならばいいかもしれない。認知症という病気自体を否定するつもりはないです。でも私は物書きですよ。書けなくなったら人生はオシマイ。だから早く日本も欧米のように安楽死を法制化すべきだ、そういう結末にしたいのよ、もちろん連載が終わったあとはすぐに単行本化はしてくれるんでしょうね？　そうじゃなきゃ書かないわ。私がしっかりしているうちに本にしてくれなければ、意味ないわ。きっと売れます。認知症と診断されて、安楽死したいと思っている人はこの国にもごまんといるはずですよ」

電話の向こうで、高城がライターを点けたのがわかった。この時代にまだ煙草を吸える会社があることに驚く。やはり出版社は治外法権《ちがいほうけん》なのか。

「なるほどね。失礼ですが先生、それって今、東京都と国が行っている、安楽死の特区構想について知っていて仰っていますか？」

煙を吐き出しながら高城の声がワントーン低くなる。まるで聞かれちゃまずいことを告白するような口ぶりだった。

「とっくこうそう？　なんのこと？」

「あれれ。ご存じではなかったようですね。まだ正式発表ではないので、うちも水面下で、取材を続けているところです。うーん……これから僕が言うことは、まだ誰にも口外しないでくださいよ」

「大丈夫よ、話を聞いてもすぐに忘れちゃうんだから」

「またまた（笑）。じゃあ、まだここだけの話ということで〈安楽死特区〉構想についてざっくり説明しますね。国家は、安楽死法案を通そうと目論んでいますよ。なぜなら、社会保障費で国が潰れそうだからです。しかし国民皆保険はどうしても維持したい。それならば、長生きしたくない人に早く死んでもらったほうがいい、そう考えています。

だから本格的に法制化を議論する前に、今現在、病気に苦しむ、もうこれ以上生きていたくないという人を若干名募集し、実験的に都内に〈安楽死特区〉を作ろうと」

「……知らなかったわ！」

「なんだ、澤井先生のことだから、そのあたりの事情を知ったうえでの発言かと思っていましたがね。まあ、僕も先週、知り合いの新聞記者から聞いたまでです。今まで世界各国から半周どころか周回遅れと言われていた日本の終末期医療問題が、これで一気にカタがつきそうです。来年のトレンドワードは安楽死ですよ、間違いなく。あ・ん・ら・く・し」

昔どこかで聞いたことのあるリズムと音階で、一音一音切りながら高城はその5文字を吐いた。

「なんですって？　安楽死が、トレンドワード？」

「来年早々、特区構想は実現化します。そうでもしなきゃ、東京オリンピックの財政的な失敗を未だ国も都も尻拭いできずにいる今、日本は社会保障費で崩壊しかねない。これ以上は消費税も上げられないですし、だからといって法人税を上げる気は、与党には毛頭ないですからね。国民皆保険制度撤廃では選挙に勝てない。だから、あ・ん・ら・く・し。これが社会保障費削減の本丸になったんですよ」

安楽死という漢字3文字が、真子の脳裏に迫ってくる気がした。しかし、国が意図しているのは、社会保障費の削減とは。このなんともいえない蟠《わだかま》りも、明日になれば忘れてしまうのだろうか。言葉の出ない真子の気持ちを察してか、高城はこう続けた。

「澤井先生だってわかるでしょう、何かが国策になるときは、いつだって国民の幸福のためじゃない、金の問題ですよ。だけど、それと死にかけの老人、いや失礼、不治の病に苦しむ人たちの望みが一致するというのなら、それも悪い話ではないと僕は思いますがね。今すぐ苦しみから逃れたい、死にたいと本気で望む人がいるのなら……そうか、そうだ。澤井先生、ほんとに本気で死にたいですか？　安楽死したいですか？」

高城の声が、急に溌剌《はつらつ》としはじめた。

「えっ？　ええ、もちろんよ。早く死にたい、自分が自分でいられるうちに。それと、痛いのも嫌。痛くなく死にたいのよ」

「ふうん、わかりました。それならウチの誌面で面白いことができるかもしれません。ねえ澤井先生、〈安楽死特区〉に入りませんか。手続きはウチでなんとか手を回します。元祖おひとりさま女流作家の澤井真子が、認知症で安楽死希望。うん、いける。これは新しいですよ。国にとっても悪くないテーマだ。これ以上認知症の人が増えると、これまた日本は破綻《はたん》の一途ですからね。どうしようかな、まずは厚労省に電話して……」

話の展開の速さに真子はついていけなくなる。あんらくし、とっく。

「ごめんなさい。ちょっと話が見えないわ。私、混乱してきたわ」

「いえね、シンプルな話です。澤井先生がご自身の認知症の進行が恐ろしく、安楽死したいのなら、今度できる〈安楽死特区〉の住人として入ってもらって、その体験談を、ウチの雑誌に連載をお願いしたいと言っているだけです。先生の死にたいという希望を叶えましょう、という話です。そうなったら、NHKと組んでドキュメンタリー撮影もありだよなあ。NHKスペシャルでがつんとやればベストセラー確実ですよ。あとは国がテレビ撮影を許可するかどうかだな」

NHKスペシャル。あれはいつだったろう、令和になってからだったろうか。難病に苦しむ日本人女性がわざわざスイスに行って安楽死をするという放送をしたことがあったはずだ。神経難病で寝たきりになったその50代の女性も、たしかおひとりさまであった。点滴で毒薬を彼女の腕に入れる前、安楽死を手助けするスイスの女性医師は、カメラの前でこう呟いていた。――日本に安楽死法があれば、彼女はもっと生きられたのに、と。そして彼女はその医師に毒を静脈に入れられて数分で、眠るように静かに逝った。思えば、真子が安楽死への憧れを密かに抱きはじめたのは、あの番組を見たことがきっかけではなかったか。

テレビカメラの前で美しく眠るように逝った彼女の顔が、自分の顔に置き換わる。あ・り・が・と・う、と大切な人に言いながら人生を終わらせる。なんと理想的な死だろうか。

「あれ？　もしもし、先生、聞こえてますか？」

「あ、え、ええ。大丈夫ですよ。安楽死ね。いいと思います。でもええと、ええと、そもそも私はなんであなたにお電話したんでしたっけ？」

「詳細はのちほどメールをしましょう。先生、頼みますよ。この話は、他の編集者にはくれぐれも内密に。必ずウチの雑誌で書いてくださいよ」

「え、ええ、そうね」

「それならこの電話を、秘書の美和さんに代わっていただけますか」

隣にぴたりと立っていた美和が、静かに頷《うなず》いて電話を代わった。

こうして真子は、まだどの作家もやっていない、〝新たなテーマ〟を見つけた。

高城との電話を切った美和は、真子を横目で見るとこう言った。

「真子先生。意外です。そんなに死ぬときに痛いのが、嫌ですか？　それは、先生が亡くした息子さんをさんざん延命治療で苦しめたから？　息子さんの苦しみを見て、自分はあんな死に方はごめんだ、ずっとそう思って生きてきたんでしょう？」

「なんで、すって？」

どっと汗が噴き出た。誰にも話していないことだ。絶対に。話したことは忘れても、話してはならないことは、覚えている。

「何を言っているの？　美和ちゃん？」

「嫌だ、先生が以前、話してくれたじゃないですか。もしかして、それも忘れちゃったとか？」

とたんに真子は病気が一気に進んだように感じられた。

心臓外科医、尾形紘

一身上の都合として難波大学高度医療センターに辞表を出してから1ヵ月が過ぎた。

尾形はただ寡黙に仕事に徹していた。8月になっていた。あの日以来、梅田に呑みに行く気力さえ失っている。

日本経済界の重鎮であった富田グループ会長の富田武三が同センターで手術後に死亡した件は、その後、さまざまな尾鰭《おひれ》がついてメディアを賑わせた。しかし、当初どこかの週刊誌が伝えたように、富田家が医療過誤《かご》として法的手続きに入ったという噂は一向に聞こえてこない。

いずれにせよ、尾形の辞表はセンター長の預かりとなったままで、上層部でどんな動きが起こっているのかはまったく聞こえてこなかったし、辞職が認められたのか否かさえ、なんの返事もないまま尾形は淡々と心臓外科医として手術をこなし、日常に戻りつつあった。当初は怯えるように日々を過ごしていたが、いつしか病院の前をうろついていた記者たちの影も消えていた。しかし帝塚山の自宅マンションの付近にも記者がいるということで、娘の菜々が夏休みに入ったとたんに、母娘で芦屋《あしや》の実家に帰ってしまった。

孤独だった。亡き父から教わった一日一生という言葉だけを杖にしてオペを繰り返していたが、外科医としての自分を支えていた何かを見失ってしまったことを尾形は実感している。すべてが虚《むな》しい。誰を恨むわけでもない。しかし罪の意識もどうしても持てない。ただ、この前まで無条件に信じられていた医療者の理念や矜持《きょうじ》が、ただの驕《おご》りにしか感じられなくなった。

コンビニで弁当と缶ビールを買い、マンションのエントランスでエレベーターを待っているとき、高齢の男性が近寄って来て尾形にこう囁《ささや》いた。

「あなた、あれでしょ、難波大の例のお医者さんでしょ。『週刊新風』読みましたよ。私はね、あの富田会長と同じ歳なんだけどね、あれはあなた、なんにも悪くないよ。平均寿命を過ぎたらね、生きているのはおまけみたいなもんじゃないか。金持ちだったら、いつまでも生きていてもいいっていうのは違うんだよ。富田会長だって、もしも意識があったら、その心臓移植待ちの女の子を助けてくれって絶対に言ったと思うよ。あんた、なんにも悪くないよ。情けないねえ、富田グループも」

名も知らぬ老人にエレベーターのなかで背中を叩かれ、尾形はただ黙って会釈をするしかなかった。

医療センター長の部屋に行くようにと内線が入ったのは、徹夜明けのオペが終わり、仮眠室で目を閉じ横になっていたときだった。センター長室は、4年前に新しくできた別病棟の最上階にあり、エレベーターを2回も乗り換えないと行けないし、フロア案内図にも記されてはいなかった。

いよいよこれで辞められるのだと思い、尾形は安堵《あんど》した。罪の意識はないものの、しかしまずは、富田会長の件で迷惑を掛《か》けたことを詫びるのが礼儀だろう。迷った挙句、白衣を脱ぐとロッカーに万年掛けてある夏用のグレーの麻ジャケットと紺のネクタイに着替えた。


初めて訪れる病棟の最上階でエレベーターを降りた。

普段尾形が仕事をしている病室のあるフロアとはまったく違う空気が漂っていた。ガレの作品だろうか、大ぶりな花瓶には、細い茎の向日葵《ひまわり》の束がこれでもかと活けられ、まるで高級ホテルのロビーのような趣《おもむき》だ。しかし人のぬくもりが感じられぬ空間だ。

エレベーター脇に立っていた、秘書らしき女性に声をかけられる。

「尾形先生、お待ちしておりました。室長の部屋はこちらです」

長い髪が揺れる秘書の後頭部を見ながら、渡り廊下を歩く。

その壁には、尾形でも知っているような政治家や著名人の自筆の感謝状や達筆な書が額に入って飾られてあった。廊下を歩きながら、杉浦みづきの仏壇で見たクレヨン画を思い出している自分がいた。秘書がカードキーをかざし、重厚なドアが開かれると、急に冷房の風が身体を包んだ。20畳はあるだろうか。ターコイズブルーの革のソファに、難波大学医学部部長の佐久間、センター長の西、事務長の朝野、そして難波大学病院総院長の大原がスーツ姿で座っている。

無反応。無機質。無感情。

それが、難波大学医学部に漂う空気だ。あまりにも組織が肥大すると、ひとりひとりが生の感情を出すことに怯えはじめる。生の人間を相手にし、日々血を浴びて、人間を生かすために現場スタッフは命を懸けているというのに、その組織の最上層部は、血が通っているようには思えないという不思議な構図だ。

こんな巨大組織、所詮《しょせん》俺には似合わなかったのだ、今までここにいさせてもらったことが奇跡だったのだ。そもそも、骨を埋める気なんてさらさらなかったではないか。そう、これで辞められる——どこまでそれが、本心であるか尾形自身もわからぬまま、深々と男たちに頭を下げた。

「この度は大変なご迷惑をおかけしております」

男たちの沈黙が、窓の外の陽炎《かげろう》など意に介さぬふうに部屋の温度を下げていく。それでも尾形はじっとりと汗をかいていた。俺は透明人間なのか。もう死んだ人間なのか。しばらくは蝉の声だけが響いた。

そこにドアが開く音がした。

「いやあ、すみません。お待たせしました。それにしても今日は蒸しますね」

50代と思しきその来客は、スーツ姿ではなかった。

白いポロシャツからのぞいた筋骨隆々《きんこつりゅうりゅう》とした太い腕が黒く焼けている。ソファの男たちは条件反射的に立ち上がり、透明人間の尾形ごしに頭を下げた。

「いち、に、さん…。ああよかった。足りましたね。下のコーヒーショップでアイスコーヒーを買ってきましたよ。それとも先生方は、ビールのほうが良かったかなあ」

あえて軽薄さを装うようなその声に聞き覚えはない。少なくともこの無機質な世界の人間の声ではない。誰なのだ？　尾形はその男の正体に気がつくまでに数十秒かかった。

男は尾形の顔を一瞥《いちべつ》すると、少しだけ顔色を変えたからだ。

いや、もっと青ざめたのは尾形自身だったろう。汗をかいた紙袋からアイスコーヒーを取り出す男。それは富田グループ二代目社長、富田武雄である。尾形は鼓動が早くなるのを感じていた。

「ちょっと、顔を上げてくださいよ、尾形先生」

武雄の声は穏やかであった。

「は、いえ。あの、まさか本日お会いできますとは、その」

もしも法的手段に出るつもりであれば、本人がここに来るわけがない。

家族に誠意を見せろというのであれば、いつまでだって頭を下げていたかった。今さら命乞いを、ということではない。この男の父親を助けることができなかったのだ。最初からオぺに参加し執刀していたら、助かったかもしれない命を。その事実だけが今、富田武雄と尾形のあいだに重く横たわっている。

父親が突然この世からいなくなることの喪失感と絶望感ならば知っている。幾つになったとて、男が父親を失うときの痛みは変わらぬものであろう。お詫びのしようもございません、と言おうとしたが途中で舌が回らなくなる。喉が乾いていた。蝉の声だけが響くなか、話を先に進めたのは富田ではなく、総院長の大原進だった。

「まあ、お座りなさいよ、尾形君。下を向かれたままだと話もできないから」

大原は今年で77歳。この10年以上、何かにつけて人間関係に不器用な尾形を気にかけてくれていた。60歳で外科医を辞めていたが、心臓血管外科の大先輩でもある。最後に一緒に呑んだのは、去年の忘年会であった。大原の実父は、我が国の緩和ケアのパイオニアとして知られた大原満明《みつあき》医師である。面長な輪郭とやや厚い唇の形が、父上によく似ている。大原満明は明治生まれだったが、百歳を過ぎても尚元気で、平成の終わり頃まで存命であった。大原進の兄弟も皆医師として活躍し、医療界を牽引《けんいん》してきた。しかし、進の息子は医学部を出たものの医師にはならずに厚生労働省に入り、終末期医療に関する仕事に携わっているのだと先の忘年会で話していた。

「我々みたいに大学病院のような辺境にいるとわからないけれども、この国の終末期医療を巡る問題はもはや一筋縄ではいかなくなっている、倫理的にも、経済的にもだよ。我々ももっとそちらに目を向けなければいけませんね」と、その帰りのタクシーのなかで言っていたのを思い出す。

「辺境……ですか？　我が難波大学病院が？」

「辺境ですよ、あなた。国民皆保険がかろうじて守られているとはいえ、高度医療の枠が増えて、一般市民はどんどん医療を受けられなくなっています。一体どこでこの国は、社会保障費の使い方を間違えたんでしょうかね。その世知辛《せちがら》さを肌感覚で感じることのない我々は、辺境の人間です」

大原進のその話し方が、父親の満明医師にそっくりであった。男というのは歳を取ればるほど父親に似てくるものらしい。もう20年以上も前であったか、大原満明の講演会が難波大学ホールで開催されたことがあった。尾形も足を運んだ。

「鳥は飛び方を変えることはできない。動物は這《は》い方や走り方を変えることはできない。しかし、人間だけが生き方を変えることができるのだ」という言葉が印象的であった。そう、あの頃は生き方なんて容易《たやす》く変えられるものだと思っていたのだ。

「……冨田さん、本当に申し訳ないことをしました。お詫びのしようもございません。この責任は、医療センターにではなく、すべて私ひとりにあります」

ようやく掠《かす》れた喉から声が出た。数秒の沈黙のあと、口を開いたのはまた大原だった。

「だから、顔を上げてよ、尾形君。あなたの辞表をお預かりしたままお返事が遅くなっていました。実はその理由のひとつに、こちらの富田社長からご依頼された件がありまして。今日はその相談をね、あなたにしたかったのです」

大原の声に怒りの色は見えない。続けて、医学部部長の佐久間がくたびれた扇子を扇ぎながらこう続けた。

「尾形君、あなた今、富田社長のお顔を見て安心しているんじゃないの？　訴えられなくて済みそうだと顔に書いてありますよ。富田社長は、会長同様に寛大なお方です。……今回の件では、我がセンターも、あなたのことだって訴えるつもりなどない、と書面でお送りいただいているんです。感謝しかありません、とね。良かったねえ尾形君。今回の件で命拾いしたのは、他でもない、君なんだよ」

おいやめないか、佐久間君。大原がそれを制した。

尾形はもう一度頭を深く下げた。本当に反省しているのか、とそれでも佐久間は続ける。その金属的な高い声が心をかき乱す。

「大原先生はずっと君を庇《かば》い続けているけど、君が富田会長の手術を投げ出して、９歳の少女の救命にあたったということは、間違いなく大罪なんですよ。ご自分ではヒーロー気取りかもわからんが、いいですか、あなたは命の選別をしたことになる。命の選別は、絶対に医者がやってはいけないことですよ。そういうドクターを我が難波大に置いておくわけにはいかないでしょうが」

ややが芝居がかってきた佐久間が、パチンと噺家《はなしか》のように大袈裟に扇子を閉じたのと同時に、尾形は顔を上げた。

「はい。佐久間先生の仰る通りかと。異存は何もございません。ですから私は、私ひとりで責任を取りたく。辞表を提出させていただいた」

そこで大原が割って入った。穏やかな声で続ける。

「だけど君ね、辞めてどうするの？　心臓外科医がいきなり開業もないだろう。他の病院、行くの？　無理だと思うなあ。君、不器用だからね、オペ以外は」

「……」

センター長の西がそこで口を開く。

「だからといって、このままというわけにはいかないからね。それで、実はあなたの今後について他の誰でもない、富田社長が心配なさって、出向先を探してくださったんだ」

「出向先、ですか？　えっ、富田社長が？」

つまり、俺を辞めさせないということか。しかしなぜ、富田氏が。大原が眼鏡の奥で尾形に笑った。

「あなたもご存じのように、富田グループは日本で、いや世界で一、二を争う巨大企業だ。戦後に国内初の自動車メーカーから事業を起こして、今ではＩＴを駆使した自動運転カーや、

24時間見守りシステムなど、高齢者のための事業にも大変力を入れておられる。そして富田社長は、実は現在、私の息子が厚労省で中心となって行っている、〈人生の最終章における国民意識改革プロジェクト〉の顧問もされておられる。この事業には生前、富田会長も関心を持たれていてね、多くの取り組みに協賛もされている」

人生の最終章における国民意識改革？　なんだそれは。

反芻しようとする尾形に、君は新聞もろくに読んでいないのかね！　と事務長の朝野が窘《たしな》める。

そこでようやく富田武雄が発言した。アイスコーヒーのストローを指先でいじりながら白い歯を見せるその顔は、超大手企業のトップというより高校野球部の監督のように爽やかで朗らかだ。育ちがいい男というのは幾つになっても屈託がない。恵まれて育ち、卑屈《ひくつ》な想いをしたことがない男は、相手の肚《はら》の内を探らないものなのだろう。尾形が持ちえないものである。

「父はとっくに平均寿命を超えていたのですから、いつ逝ったっておかしくなかったわけですが、まさか今年亡くなるとは思っていませんでした。しかしトミタの業務はそのほとんどを私が引き継いでいましたから、特段困ることはありません。株価は一時的に急落して焦りましたがね（笑）。そりゃあ、親ですから、ずっと生きていてほしかったですよ。だけれども、マスコミが騒いでいるような、私が尾形先生や皆さんに怒り心頭であるとか、そんなことはありませんから。その誤解はまず、解いていただければと思います。むしろ、あのとき尾形先生が父の命だけを助けていたのなら、父は私を恨んでいたことでしょう」

「……仰る意味がよくわかりませんが」

「父は75歳になった日に尊厳死協会に入りました。もしものときは延命治療を希望しないと常日頃話しておりました。何かがあっても、何もしてくれるな、管だらけで死にたくないとね。痛みだけ取ってくれればそれでいいと。だけど出張先にいた私は、父が倒れたという一報を受けて気が動転し、何がなんでも父を助けてくださいと電話で申し上げた。私は父の〈リビングウイル〉を無視しました」

「そうでしたか。お父上は〈リビングウイル〉を書かれていたのですね」

冷えていた尾形の指先に急に血液が巡り出す。尾形が〈リビングウイル〉という言葉を知ったのはつい5年前のこと。医療訴訟についての勉強会の場であった。本人がどのような終末期を過ごしたいかを元気なうちに書き記しておくことが、〈リビングウイル〉だという。もし父親が生きている時代に、こうした制度が明確にあれば、がん闘病に苦しんだ父は自死しないで済んだのではないかと、いつしか尾形は医師としてではなく息子として過去を憂いていた。

大原が続ける。

「尾形君。うちは長年にわたり、富田家にはお世話になっていてね。個人的にも、私の父と富田会長は親しくさせていただいていました。だから、もしも今回のことで、関係性が壊れてしまったら、と一時は私も眠れませんでした。……さて、ここからはまだ極秘事項ということでお願いしたいのだが、実は、東京の東銀座から築地にかけての地域、具体的に言えば東京オリンピック後に経営が立ちいかなくなっているいくつかのホテルと、災害続きで空き室が続出しているタワーマンションのいくつかを国と東京都が買い取り、〈人生の最終章における国民の意識改革プロジェクト〉の取り組みのひとつとして、我が国初の、安楽死のできる街を作ろうという計画が上がっているのです」

「あんらく、し？」

「ええ、そうです。日本では禁止されている安楽死です。ご存じのように、アメリカでトランプ政権が崩壊した後からの中国の台頭は凄まじいものになっています。多くの観光地やホテルが、中国資本に乗っ取られて危機的状態です。このままでは、あと10年も経たずに、日本の都市の施設や建物はほぼ中国資本となってしまうでしょう。その対策もあって、銀座から新橋、汐留、築地にかけてのあの一体を国と都が買い取り、高齢多死社会に対応しようという取り組みのひとつが、〈安楽死特区〉なのです」

「あんらくし、とっく？」

頭のなかで繰り返し、ようやく尾形はその言葉にどんな漢字が当てはまるのか、見当がついた。日本で安楽死だって？　特区にして？　一体、何を言っているのだろうか、この人らは。混乱する尾形の心を見透かしたように、富田武雄が、尾形先生もコーヒー飲んでくださいよ。氷が溶けちゃいますから、せっかく買ってきたのにと勧めてくる。顔は富田会長に似てはいたが、会長にはなかった軽薄さが漂うのはなぜだろう。

薄くなったアイスコーヒーをようやく尾形は口にした。

大原が続ける。

「ここ数年で、人生の終末期において安楽死を望む人が7割近くにまで上っています。しかしながら、我が国の法律では安楽死は未だ犯罪です。自殺幇助《ほうじょ》にあたります。一方、年々、ヨーロッパに渡航して安楽死を遂げる日本人が増えており、各国政府から苦情が来ている。WHOからも2年前に勧告がありました。手前の国民の終末期は手前で看ろと。死にたい国民を、海外に押しつけるなと。しかしこの流れは止められません。いかがわしいコーディネーターも現れて、国際安楽死詐欺まがいの事件も起きています。欧米の安楽死団体に斡旋《あっせん》することで、ひとりあたり百万円も取る人間が出てきたのです。というわけで、日本の安楽死問題はもはや待ったなしです。近々に法制化することを前提に、まずは、〈人生の最終章における国民の意識改革プロジェクト〉に賛同された国民の皆様、もっと平たく言えば、安楽死をご希望される方々に、その願いを叶える地域を作ってみたらどうか、ということです。これには、厚労省だけでなく、経産省、財務省もバックアップをしてくれている。さらにトミタグループも多大な協力をしてくださる。

尾形先生、あなたにその〈安楽死特区〉の主治医になっていただきたい。難波大学代表として、終末期医療に関わっていただきたいのです。いずれこの関西地域にも同じように特区が作られるでしょうし……」

それは犯罪、ではないのか。安楽死は殺人だろう。

そう言いたかったところを尾形は抑え、冷静に振る舞った。ああ、だから特区。治外法権ということか。

「しかしなぜ、私なのでしょうか？　私は心臓外科医です。終末期医療とは無縁の仕事しかやっていませんが。もちろん、手術室での急変対応はしていますが、いわゆる看取りなんて、したことがありません。その私がなぜ」

佐久間が尾形の言葉を引き取る。

「おわかりでないですか。それは、あなたが、命の選別ができるお方だからですよ。高齢者の延命は不要だと思われている。だからあなたは富田会長よりも少女の手術を選んだ。そうではありませんか」

あまりの言いがかりにこめかみが熱くなったが、尾形は堪《こら》えた。

「しかし、その、〈安楽死特区〉の主治医というのは……つまり」

「命の選別です。安楽死要件を見極めて、安楽死のお手伝い、つまり、薬物を用いた自殺幇助をしていただきたいのです。〈安楽死特区〉での死亡例をベースに、厚労省は再来年以降、正式なガイドラインを作りたいと考えています」

絶句する尾形に、富田社長が微笑む。

「失礼ながら尾形先生、あなたのことを少しだけ調べさせていただきました。気を悪くされたらごめんなさい。香川の腕のいい大工だったという先生のお父上は、がん治療に耐えかねて、入院していた病院で飛び降り自殺されていますね」

なぜ、そんなことまで。

「あなたはまだ高校生だったのでしょう。末期の肺がんだったお父さんは、市民病院の屋上から飛び降りて命を絶った。花園出場経験もある、あなたのラグビー選手への夢は、それで断たれた。そして一浪して医学部を目指した。医者になろうと思ったのは、なぜですか」

「……母子家庭で貧乏のまま一生を終えるのが嫌だったからです」

「本当にそれだけですか。忘れてしまったのですか。あなたは、高校の卒業文集にこう書かれていますよね。

〈父は本当にかわいそうな死に方をした。とことん治療なんかせず、もっと楽に死ぬことはできなかったのか。父のように苦しむ人をひとりでも減らすために、僕はラグビー選手の夢

を追いかけるのをやめて、医学部に入って医者になると決めた〉

いやあ、実に立派な青年の主張だ。私はこの頃、将来なんて何も考えず、モテたくてバンド活動に夢中になり、親父に叱られてばかりでしたよ。どうせ将来なんて、自分じゃ決められない。親父の跡を継ぐしかないのだからとヤサグレていたのかなあ。だから尾形先生みたいな人には頭が下がります。自分で将来を決め、しかも母子家庭で医学部を目指すのは、さぞ大変だったこととお察しします」

腹立たしさのあまり指先がズキズキと脈打つのがわかるほどだ。

「あなたのお父様と同じ思いをされている方が、今日もたくさん、我が国にはいらっしゃる。もう治療はごめんだ。自分は生ききった。すべてを終わらせたい。それなのに、逝けない。そういう方々の最期のお手伝いをあなたがする。あなたがお父様にしてあげたかったことを、多くの方にして差し上げるのです、医師として」

……なぜかそのとき、尾形の脳裏に浮かんだのは未だ実家の物置に置いてある父が彫った数体の仏像たちだった。その〈安楽死特区〉とやらに、父の仏像を飾ることは許されるのだろうか。もし、父の仏像と一緒にそこに行けるのなら。蝉の声が渦のように高まるなか、おかしなことに、尾形の心は父の仏像に吸い寄せられていく。

「承知しました」

ここ数ヵ月の自分の鬱状態を、ようやく尾形は自覚した。しかし、大原は気がついていたのだろう。エレベーターを降りるとき、では、頼みましたよ、と優しく背中を抱かれた。

「尾形君、あなたもそろそろ、ちゃんと人間の死と向き合うべき頃合いです」

旅行写真家、岡藤歩

ソファで眠っている章太郎《しょうたろう》の額に蠅《はえ》がとまった。マンションの6階の部屋だというのに、気まぐれに入ってくる虫がいる。起こさないようにして、岡藤歩《おかふじあゆむ》は蠅をそっと指先で払う。また発熱している。最近微熱が出る日が多くなっている。タオルケットを肩まで引き上げてから、陽の射し込んできた西側のベランダの窓を開けた。さっきの蠅が微かな羽音を立て待ってましたとばかりに外に飛び出していく。「ナイスシュート！」「ドンマイ！」。マンションに隣接する羽根木《はねぎ》公園のコートから、日曜恒例の親子サッカー教室の子どもたちの元気な声が聞こえてくる。

寄り添うように寝ていたバーニーズマウンテンドッグのバルドが、首まわりを小刻みに動かしてから、章太郎の顔を心配そうに覗き込んでまた眠りについた。傍から見れば、満ち足りた都会暮らしのカップルの情景にしか見えないだろう。

サッカーボールの行方に歓声を上げる少年の姿を見下ろすたびに歩は、章太郎と出会ったチベットの高原での夏の日々を思い出す。もう4年前のことだが、ずいぶんと昔のように思えた。

歩はあのとき、とある製薬会社の代理店からの依頼を受けて、冬虫夏草《とうちゅうかそう》（コルディセプス・シネンシス）を撮影するため、チベットに6週間ほど長期滞在していた。ここ10年あまり、チベット遊牧民のあいだでは冬虫夏草ビジネスが大流行していた。

中国の富裕層が金に糸目をつけずに買いに来る。少し遅れて、日本のメーカーも目をつけた。冬虫夏草はコウモリガと呼ばれる蛾の幼虫と、それに寄生する麦角菌《ばっかくきん》の菌糸の子実体《しじつたい》からなるもので、古くから漢方生薬として重宝されている。小指半分ほどの太さしかない不思議な形をしたこの草が100gで、チベットでは家族8人が半月は食べていける収入となる。食用に適する作物がほとんど生えない乾いたチベット高地で、冬虫夏草は砂漠のダイヤモンドのような存在になっていた。

しかし、チベット民族はこの冬虫夏草を自分らで食べようという発想はないようだった。チベット民族には日本人や中国人のように、健康のためなら死んでもいい、という貪欲さが見られない。風の吹くまま気の向くまま、死に抗うことなく日々暮らしている。いや、歩の目からは、死に抗わないという感覚すら、持ち合わせていないように見えた。

仕事は2週間の依頼であったが、チベットに行くのは初めてだったし、こうした機会はそう訪れないと感じ、歩は自腹でさらに2週間の滞在延長をした。そして、たまたま医療系のNPO団体からの派遣で同じ村に来ていた、薬剤師の酒匂《さこう》章太郎と出会い、さらにもう2週間の延期を決めたのだった。

チベット高原には、四季がない。夏季と冬季にざっくりと分けられている。極寒の冬場は土の瓦でできた家に籠るが、夏、人々はヤクや羊などの家畜とともに、あちこちに放牧に歩きテントで暮らす。歩も章太郎も、その村のリーダー的存在である大家族とともに、ゲルと呼ばれるテント生活に同行した。

高原の子どもたちは朝起きたらヤクの乳を搾《しぼ》るのが仕事である。各家庭に簡易的な撹拌機《かくはんき》があり、搾りたての乳をそこに入れてバターやチーズも作る。乳の出なくなった老いた家畜は家長が屠《ほふ》り、干し肉にして食す。冬に食べる分も夏に作り置いておく。女たちは羊の毛で毛糸を作り、冬、巡礼に出かける年寄りが着るためのガウンをその毛糸で編む。バター作りが終われば子どもらは冬場の燃料となるヤクの糞を拾いに出かける。夏の放牧期は学校も休みで、朝から晩まで働かされるのだが、夕方になっても元気いっぱいだった。日本の子どもたちよりも栄養状態は確実に悪いはずだが、元気がいいことこのうえない。

日の傾いた高原で、しばし章太郎は放牧の仕事を終えた子どもたちにサッカーを教えていた。サッカーに夢中になる少年少女を撮りたくて、一眼レフを手にして夢中で追いかけていた歩は、気がつけば激しい息切れと頭痛に襲われて倒れていた。高山病になったのだ。そんな歩が回復するまで章太郎はゲルに籠って静かに付き添った。無精ひげを生やし、洗いざらしの綿シャツから覗く毛深い腕を持つ彼は、日本人に見えなかった。聞けば、章太郎はこれが3度目のチベットだという。最初は冬虫夏草に興味を持って訪れたが、そこからこの地の虜《とりこ》になったのだと言う。

「ここにいると、常に死を意識して生きていられるから、かえって安心するんです」

と章太郎はわかるような、わからないようなことを言った。

「不安なんだよね、日々、薬剤師として医者が書いた処方箋とにらめっこの仕事をしていると。日本人は死を見ないように生きている気がして、モヤモヤするんだ」

そう言って出会って5日目に章太郎は1冊の本を歩に渡した。

『チベット死者の書』というそのタイトルだけなら知っていたが、1ページも読んだことはなかった。それからというもの、章太郎は歩に毎晩、少しずつその本に書かれてあることを教えてくれた。

その本の中身は、チベット人が亡くなったとき、骸《むくろ》のそばで読む「枕経《まくらぎょう》」のようなものであった。まもなく死ぬ人間の耳元で、その後四十九日間読み続けるものだと知り、歩は驚いた。もちろん、日本の葬式仏教の四十九日は経験していたが、今まで歩が参列した葬儀ではほぼすべて、告別式のすぐあとに形式的に四十九日の読経もついでに上げて終わりだったので、同じ仏教国でもこうも違うものかと素直に感動した。チベットでは、最大四十九日間は魂がこの世を彷徨《さまよ》うと考えている。その間は、死者も言葉を聞く能力を保っていると。

日本人はそれすら待てなくなった。チベット人と現代日本人の一番の違いは何かと訊かれたら、歩は今なら、「待てるか、待てないか」と答える。

満天の空の下、章太郎の蘊蓄《うんちく》に耳を傾けながら、酸味の強い地元の酒を、欠けた茶碗でちびちびと飲んだ。ヤクの乳で作られたチュラという名のチーズはとても固くて歯が欠けそうになり、七五三の千歳飴《ちとせあめ》を思い出すほどだった。高地でアルコールを呑むのは危険である。だから本当に、唇を濡らす程度にちびちびとゆっくり杯を空けなければならない。この地では、茶碗に酒を入れてもらったら、まず、右手の人差し指を茶碗のなかにつけて指を抜き、酒の滴を振り払うようにして親指と人差し指を、空に向けて3回ぱちぱちと弾くのがしきたりだった。

1回目は、天の神に。2回目は地の神に。3回目は仏様に差し出すためだと章太郎は言った。しかし気になることがあった。その章太郎は、頻繁に酒の入った茶碗を手から落としてしまう。参ったな、これくらいの酒で酔っぱらってしまったよと照れ笑いをするのだが、どう考えてもアルコールの量と茶碗を落とすタイミングが比例しない。

あるとき、いつもより多めに酒を呑んだ夜。章太郎は饒舌になった。酔いのせいか少し言葉が聞き取りにくかったが、不意に家族の話をはじめた。

「実は、『チベット死者の書』を読んだのは、大人になってからで親父が死んだ後なんだ。実家の本棚にあったんだよ。親父は内科医で、石巻《いしのまき》で開業医をやっていた。２０１１年の東日本大震災でおふくろが津波にのまれて帰ってこないとわかってから、親父は急に老け込んだ。まあ、あの町に住んでいた人間は誰もがそうなったけど。幸い実家は流されなかったんだけど、まもなく医院を閉めた。家族の命も救えなかった自分はもう、他人様を救えないって情けない理由でね。だから、何度も東京で一緒に暮らさないかと声をかけたよ。でも、首を縦に振らなかった。俺はひとりで石巻で死ぬんだ、放っておいてくれってね。そう言われたら、俺にできることと言えば、週に1度電話をかけることだけだった。おやじ元気か。ああ。食べてるか。ああ。変わったことは。特にないよ。それだけしか話すことがないから、30秒も持たないんだけどさ。息子なんて気が利かなくて嫌になっちゃうな。

震災から3年目の春だったかな。何度かけても親父が電話に出なかった。携帯も家の電話も何度かけても。嫌な予感はしたけど、すぐに警察に電話する気にはなれなくて、その翌週にようやく実家に戻ったんだ。ドアを開けた瞬間、凄まじい臭いが鼻を突いた。親父は死んでいるとすぐにわかるほどにね。うららかな日曜の昼過ぎで、テレビからは大音量でNHKのど自慢がかかっていた。女の子が歌う〈いい日旅立ち〉が流れてきて、ほっとしたのを覚えている。おふくろが好きな歌だったから。炬燵《こたつ》に入ってテレビを見ながら、おやじは死んでいたよ。自治体からもらったんだろう、〈絆〉と背中に書かれた黄色いビニールジャンパーを着たまま死んでいた。頑張ろう、東北ってね。情けないよな。絆どころか、孤独死させたんだから。おやじの身体はガスが溜まって膨《ふく》れていた。もしもチベットだったら、鳥が飛んできて食べてくれただろうに……」

コンドルが目を覚ましたのであろうか、くぐもった低い鳴き声がどこからか聞こえてくる。

「だいじょう、ぶ。コン、ドルは俺たちをねら、わない。死んだ肉しか、奴、らは興味がない、からね」

話し過ぎたからだろうか、章太郎はいつもよりもさらに舌が回っていない。

中国・チベット自治区では、この15年あまりで医療機関を受診した患者数が、400万人も増加した。チベット医療事業を発展させるために、世界各国から医療人材が集められている。薬剤師の章太郎もその一員として、行政の補助金でやって来ている。

チベット人はほとんど野菜を食べない。野菜が育たない地なのだから仕方ない。ビタミン源として口にするのはヤクや羊の肉。もちろん魚はない。そして、塩。塩味の強い塩茶かバター茶。それが彼らの伝統である。どの料理も日本人からすると顔をしかめるほどだ。しかし、塩味とは恐ろしいもので、数週間も滞在すれば慣れてくる。野菜や果物が摂れない乾燥地帯で身体を保湿するためには大量の塩と脂が必要なのだ。

これだけ塩と脂を摂り続けているにもかかわらず、70歳まで元気で生きているチベット人がいることに、章太郎は逆に驚いたと言った。1日の塩分摂取量は15g以上で、4割以上の住民の血圧が200を超えているというのに、だ。多くのチベット人は、ある日突然、ばたりと倒れて帰らぬ人となる。たいていが脳卒中か心臓疾患だ。もしくは家畜や犬を介して寄生虫が体内に入り込んで発病するエキノコックス症である。中国北西部だけで、毎年10万人近くが感染しているとも言われる。がんや認知症になる人など、いない。

がんや認知症で死ぬ人が多いのは、長寿国の証だ。チベットでは誰も長生きを望んでいないし、何百年と続けてきた食習慣を簡単にひっくり返せるわけもなかった。そんな彼らに半ば強制的に医療を受けさせ、薬を処方する意味はどこにあるのか。章太郎は、どんどんわからなくなってきたという。医療先進国の単なる驕りではないのかと。

東京に帰ってきてからも、歩は毎日のようにチベットのことを考えて過ごした。薄い空気、満天の星。甘い草の匂い。そして『チベット死者の書』と章太郎。高山病よりもややこしい、恋煩《こいわずら》いという病にかかったらしい。

いてもたってもいられなくなり、師走《しわす》を迎えてすぐに章太郎にもらった名刺にあったアドレスにメールをした。どこにいますか。今もしもあなたが日本にいて、一緒にクリスマスを過ごす相手がいないのならば私と過ごしませんか。何かにつけ懐疑《かいぎ》的な物言いをする章太郎が重くならないよう、そっけなさを装った。

しかし、12月25日を過ぎても待ち人からの返事は来ない。ふられたのだとあっさり諦め、年末の大掃除をし、実家に帰る準備をしているときに返信メールがきた。鼓動が高まるのを抑えきれなかったが、パソコン画面に現れたメールは、想像以上に長文で歩を戸惑わせる。

「岡藤さん。メールをありがとうございました。嬉しかったです。返信が遅くなって申し訳ない。まず、謝らなければいけないことがあります。来年もチベットで会いましょうと彼の地で約束したように思いますが、私はもうチベットに行けないと思います。

　来年だけではなく、再来年も。やっかいな病気が再発しました。言いたくなかったのですが、7年前に多発性硬化症《たはつせいこうかしょう》という病気になりました。インターフェロンという薬がよく効いて、完治したと思っていた矢先、先月のMRI検査で再発がわかりました。

　帰国してからまもなく手足の痺れを覚え、仕事がままならなくなりました。ほんと、あっという間。まいった（泣）。ペットボトルのキャップを開けることもできなくなりました。この病気には波があり、調子のいいときと悪いときがあります。今月に入ってからは歩くのもままならない日も出てきました。今日はとても調子がいいんだ。だからようやく返信メールを打ってるけれど、でも、ここまで書くのに、信じられないかもしれないけれど、もう2時間もかかっている。

　岡藤さんはクラッシックは聴くのでしょうか？　ジャクリーヌ・デュ・プレというイギリスのチェロ奏者を知っていますか？　彼女がなったのと同じ病気です。

　いま、彼女の曲を聴きながらこのメールを打っています。ジャクリーヌの『動物の謝肉祭』を聴いていると、なぜかチベット高原の夜を思い出します。あのとき、指先に痺れを感じていました。死が怖くてたまらなくて、あの地に行ったのです。だけど、岡藤さんと会って、死の怖さを忘れていました。本当です。ところであなたの名前は歩と書くのですね。もっと女らしい漢字と思ってました。まもなく歩けなくなる私にとって、歩くという名前は希望に見えます。でも、このメッセージに落胆したのならば、会ってほしくはない。同情だけで会いたいと言わないでほしい。すでにもう充分に傷ついているので」

その年の大みそか、歩は章太郎に会いに行った。そのまま、結ばれた。

「今日もありがとうございました。先生に礼。チームに礼」

サッカー少年の声が響き、日曜日が暮れていく。章太郎が目を覚ました。あゆむ、いまなんじ？　5時をまわったところ。夕方の？　そう、夕方。風が気持ちいいからベランダに出てた。あ、トイレ大丈夫？　うん、行こうかな。そうか、きょうはヘルパーさんいないのか。章太郎は、最近ときどきであるが、時間の感覚がおかしくなってきた。これも症状のひとつなのだろうか。自己免疫疾患である多発性硬化症という病気は、人によってその症状が千差万別で、とてもわかりづらいという。

章太郎をソファから抱き起こし、トイレまで付き添う。片腕を介助してあげれば、トイレまでは自分で行ける。

「そうだ、あゆむ、日曜日だからブログ、書かなくちゃ」

章太郎が今、一番、生きる実感を感じているのは、恋人の歩と触れ合う時間ではなくて、歩のサポートのもと、ブログをアップする時間であることはわかっていた。

「わかってる。その前にバルドの散歩に行ってくる。コーヒーを買ってくるから。そのあと話を聞くわ」

「今日は、気分がいいから、一緒に散歩。行こうかな」

「本当？　やった、バルドも喜ぶ」

賢いバルドは車椅子を押す歩に歩調を合わせて歩いてくれる。昼間はまだ夏の名残りがあったが9月に入り、蒸し暑い時間帯は日に日に短くなり、5時を過ぎれば風が涼しい。彼に何か羽織らせればよかったと歩は少し後悔した。しばらく外に出ないうちに夜が早くなったと章太郎は言った。霧がかかっているのかな、昼間、雨が降ったのだろうかとも。歩は不意に悲しくなる。まだ空は充分明るい。最近、章太郎の視界は少しずつ霞《かす》んでいるようであった。その眼を覗き込むと、眼球が微かに震え続けているような気がした。副腎皮質《ふくじんひしつ》ホルモンを日々服用しているが、なかなか効果がみられない。

商店街のはずれからラム肉を焼く香ばしい匂いがする。

「子羊肉を焼いている匂いがするね。スパイスはクミンかな。思い出しちゃうんだよね、この匂いを嗅ぐとチベットのごはん」

「わからないよ。腹立たしいなあ」

「そっか……」

章太郎のブログの読者が8万人を超えたのは、今年になってからだった。

章太郎が話す横で、パソコンで文字を入力しているのは歩である。そこに掲載される写真も、歩が撮ったもの。最初はいわゆる闘病記であった。しかしここ1年あまり、章太郎の想いに変化が出て、それに呼応するようにして読者数が跳ねた。

ブログのタイトルが、〈安楽死の法制化を望む多発性硬化症患者の日常〉というものに変わったせいもあるだろう。

もう、闘病記とは呼べない想いもそこには入っている。最近の主な内容は『チベット死者の書』からの引用と、そして、タイトル通りの安楽死への提言。そこに、歩が撮った写真がちりばめられる。

「あんらくし」という言葉を初めて章太郎から聞いたとき、歩は耳を疑った。

本気で言っているの？　それってつまり、もっと病気が進行したら死なせてくれって言っているのと同じよね？　そのとき私はどうするの？　そのあと、私はどうすればいいの？

私をひとりにするの？　粟立つような怒りを隠せなかった。

「俺は、もう死にたいん、だ。歩けなく、なったら、俺は俺でなくなる、前に。かんべん。してほしい」

「私は、どうするの？」

「俺がいなくなったらまた、自由に海外に行って、写真を」

「ふたりの未来は考えてくれないの？」

「だ、か、ら、俺に、未来はないって。やめてくれるか？　そういう、言い方。またきみは、みらい、みらいとそれ、ばっかり」

一日でも長く元気でいてほしいと恋人に望んではいけないとでもいうのか。

人が病気になったらとことん薬を盛っていた薬剤師のくせに、いざ自分が病気になったら、とっとと命を終わらせたいというのか。そんな諍《いさか》いが絶え間なく起きるようになるのと同じ頃より、ブログには、彼の死生観が綴《つづ》られていく。


〈人の痛みというのは、実に千差万別だ。人はどうしたって、他者の痛みを理解はできない。

さて、今、日本で議論されている安楽死法案は、オランダの例を倣って、
1　身体及び精神の耐えられない痛みが続いている。
2　現在の医療では回復する見込みがない。及び、代替手段もない。
3　現在、安楽死を希望する本人の明確な意思表示が可能。
という3つの条件を満たしていることを前提として話し合われている。

しかし、医師であってもこれらの条件を満たしているかどうかを判断するのは無理な話だ

と思う。特に1に関しては不可能に近い。同じ病気、同じ状況下であっても、痛みほど個体差が大きいものはない。人によっては千倍違うとも言われている。その痛みが耐えられないかどうかは、本人にしかわからない。

この程度の病状であればそんなに痛くはないはずだ、気のせいではないのか。などと患者に面と向かって言う医師がたまにいるが、それは医師として最悪な台詞、ヤブ医者、無能な証拠だ。俺も昨日言われたばかりだ。痛い。耐え難く痛い。身体も心も痛みに叫び出しそうだが、今日は口のあたりが痺れて、叫び出すことさえ苦痛なのだ〉

また、ある日のブログはこんな感じだった。

〈だけど俺は、犬や猫の安楽死には反対だ。我が家にも愛犬バルドがいるが、こいつの気持ちを理解してやることはできないからである。どう死ぬかは、どう生きるかの裏返しだよね。生きる権利があるのなら、死ぬ権利だって個人の希望を聞くべきだ。意思のわからないものを他者が死に至らしめるのは、安楽死でもなんでもない。

俺は、本人の意思に関係なく、家族のせいで意識のないまましばらく管だらけで生かされていた人たちを、大病院で薬剤師研修をしたときにさんざん見た。しかしそれは本人も悪い。元気なうちにしっかりとリビングウィルを書き、「回復の見込みがないならば延命治療は一切やめてくれ」と家族に言い続ける努力を怠ったからだ。家族であろうが、医者であろうが、本人の生き方や死に方を強要することは、あってはならない。

家族とは、なんなのだろう。チベット仏教的に言うのなら家族を作るということ自体が、カルマを背負うことに他ならないのではないか。

なあ、去勢をさせちまったバルド。そうだろう？　ちなみにバルドというのは『チベット死者の書』に出てくる言葉。バルドは「中有」というような意味でつまり、生と死のあいだの「中間領域」のことを意味する言葉。チベットでは人が死んだら魂が頭から抜け出て、バルド状態に入ると信じられている。日本でいうところの四十九日のようなものだろうか。

犬を飼ったとき、バルドと名づけようとしたらパートナーの歩から猛反対を受けた。なんで好き好んで、四十九日という意の外国語を子犬に名づけなくちゃいけないのかと。しかし、飼ったその日からバルドと呼んだら尻尾を振ったこいつが悪い。俺じゃない。こいつが、バルドという名を自発的に選んだ。そして今や歩もバルちゃん、バルちゃんと毎日、決して俺にはかけてこないような甘い声で呼び、かつてその名前に反対したことなんて忘れてしまっている。

そう、そのときは反対でも、なんとなく決めてしまえば、反対したこと自体を早々に忘れるのが人間というもの。この国でずっと膠着《こうちゃく》状態のままだった安楽死法案だって、間もなくそうなるだろう。平成の世であれだけ反対していた国会議員や医者たちは一体なんだったのだ？　もうすぐ日本人全員が首を傾げるはずだ。喉元過ぎれば熱さを忘れすぎるのが、この国の最悪なところであり、いいところでもある。

おいバルド、我が家では絶対にお前に何があっても、保健所で安楽死なんてさせないからな。お前は寿命を全うしてくれよ。一方俺は、安楽死する気満々で今を生きている。俺には明日はいらない。お前のふんわりした毛をこの手で撫でて感じられなくなったらもう、生きている意味自体を感じないんだ。すまん〉

また別の日はこんな感じだ。

〈チベットは、貧困国家となった今の日本と比べても、未だとても貧しい国だ。乾燥地だから作物も育たずに酒の種類も料理の種類も、驚くほど少ない。しょっぱいバター茶を飲み慣れることはなかった。しかし、星の数と子どもたちの笑顔の数は、日本の何百倍もエネルギーに満ちていたように思う。物質的には、チベットは世界的に見ても相当に貧しい国だけれど、国民の精神状態は我々よりもずっと平穏だし、鬱病の人なんて見たことないし（精神科医がいないから当たり前か）、総合的にはよほど日本よりも豊かに思われた。なぜだろう。彼らは日常に、いつも「死」を意識しているからではないか。生まれたときから、隣り合わせに「死」があることを知っている。生のなかに死があることを忘れずに生きている。

だから、死が目の前に訪れたって、チベット人は誰も動揺なんてしない。むしろ、この世に必要とされていないと思ったら、老いも若きも自ら死に向かって飛び込む心ができている。だけど、一部の単純志向の読者の皆さん、誤解しないでほしい。私はMS患者を代表してこのブログを書いている訳《わけ》ではない。このブログは個人的な想いだ。そして残念ながら私は、とても利己的な人間であることがこの病気になってから証明された。人の本質は病を得てからあぶり出されるものだ。

そう、安楽死賛成、今すぐ安楽死法を設立させせよなんて声高に叫んでいる人間は、いわゆる日本人らしくない超利己的な奴らだと思われる。歩よ、許してくれ。利己的な男と出会ってしまって運が悪い女だな。だけど婆さんになるまで俺の介護をしたいかい？　俺が安楽死したら、そのときはさっさと忘れて今度は利己的じゃない男を〉

キーボードを打つ歩は手をとめた。怒りで指が小刻みに震える。

「いい加減にしてよ。最後の私に関するところは打たないから」

章太郎を睨みつける。

「打てよ。俺の、ブログだ。たまには、黙って、書記に徹して、くれないか。これは、君のブログじゃない。俺の、ブログ。何を、書いたって俺の、自由」

章太郎はそんなとき、歩の顔を見ようとしない。あらぬ方向を見ながら命令をするのだ。

頭に血が上り、歩は椅子から立ち上がった。

「悔しかったら自分で打てばいいでしょ。打てないくせに。あなたの文章は最近、自己愛に満ちていてときどき吐き気がするくらい。ああ気持ち悪い！」

バルドが小さく鳴きながら、章太郎の味方をするように彼の足元に駆け寄る。

「俺の、言ってること、あゆむは、間違って、いると、思うのか？」

「正しいとか間違っているとか、そんな簡単な話じゃない。あなたはとても利己的な人だからわかんないのよ。利己的な人しか、安楽死は望まない。日本人はそんな利己的な人ばかりじゃないわ。愛する人がそばにいたら、安楽死したいなんて言って、家族を絶望の淵に立たせたりはしないから。だから、日本には安楽死法なんて必要ないのよ。あなたみたいに、自己愛に満ちた、自分以外を本気で愛せない人はごく少数だから！」

憎たらしいことに、章太郎はくすくすと笑っている。

「俺、みたいな利己的な人間は少数。という割には、最近、ブログのアクセス数は、7万、8万を超えてる。それを、あゆむはどう説明、するの？」

「それは、それは私の写真がいいからよ。チベットの写真やバルドの写真を見たくて、みんなアクセスしているの！」

「ははは。どっちが、自己愛とやら、が強いんだか。あははは」

章太郎がさらに笑うので、歩もつられて笑うしかなかった。

どんなに近しい関係だろうが、その人の死生観に介入する権利は誰も持ってはいないのだと、気づけばおおむね章太郎の安楽死願望に賛同している自分がいたし、ときどきは、インターネットで世界の安楽死情報を集めて、ブログに補足したりさえしている。未来よりも、今この瞬間のふたりの時間を胸に刻み込みたい。明日を考えず今日に集中できればいい。章太郎への想いはいつしか刹那《せつな》的なものへと変質し、わずかな瞬間も、歩はシャッターを押し続けた。

章太郎の書棚にあった『チベット死者の書』も改めて読んでみた。同じタイトルの本が数冊あったが、ちくま文庫で1993年に発売されているものを手にとった。30年以上も前にこの本が日本で大ブームになっていたという事実に驚愕する。本を読まなくなった今の日本人のあいだで、この類の書がベストセラーになる気配は感じられなかった。その本は章太郎が言ったように、チベット仏教の経典そのものであった。

現代社会がいかに死をタブーにしてきたかがわかる。だからといって、その先に現代人が求めるものが、章太郎の言うように安楽死なのか。そこだけは理解できなかった。

東京03からはじまる見知らぬ番号から歩のスマホに着信があったのは、10月半ばに入ってからのこと。落ち葉舞う羽根木公園のベンチで、バルドの散歩の休憩中だった。章太郎に内緒で公園のベンチで飲む缶ビールは、日々のささやかな楽しみである。旅行写真家という職業柄、知らない番号から唐突に仕事の依頼が舞い込むのはわりとよくあることなので、歩は、躊躇なくその電話をとった。

都内の仕事ならいいけど、とひとりごちながら着信画面を数秒見つめる。章太郎の病気が進行し、歩は2泊以上の出張は断るようにしていた。章太郎はヘルパーさんが入るのを極度に嫌う。だけど今後これがいつまで続くのか。これ以上歩けなくなったらトイレは？　お風呂は？　現実的なことを歩は考えないようにしている。

しかし、その電話の要件は海外の撮影依頼でも都内での仕事依頼でもなかった。だが、その番号の主はどうやら東京都庁にいるようであった。無機質な若い男の声がゆっくりと、マニュアルに沿ったような言葉を並べていった。

「……お忙しいなか突然のお電話恐れ入ります。今一度確認させていただきますが、あなたは酒匂章太郎さんのパートナーの岡藤歩さんで間違いないですね。申し遅れましたが私は、〈人生の最終章における国民の意識改革プロジェクト〉の都庁内のサブリーダーの柚木《ゆずき》と申しまして。ええ。いつもブログを拝見させていただいております。酒匂さんと岡藤さんのブログは今、大変な影響力を持っていることも存じております。

ええと、私共が今回キックオフをいたします〈人生の最終章における国民の意識改革プロジェクト〉については、何かご存じでいらっしゃいますでしょうか。あ、ああ、そうですか。さすがによく勉強されていらっしゃる。それは酒匂さんもご存じで？　そうですか。それはそれはありがとうございます。

それならばお話が早いのですが、ここから先はまだ公にはしていただきたくはない案件でして。前東京都知事で現副知事である、池端貴子がですね、次期国会前にできる新ポスト

〈孤独担当大臣〉を兼任で担当することが内定しておりまして。はい。ええ、ええそうなんです。先日自らテレビで告白をしましたように、池端副知事は現在、子宮がんのステージ4でございます。ええ、それは間違いありません。治療は続けております。遺伝子治療と分子標的薬にて元気に頑張っております。最期まで国民の皆様のために命を投げ出す、自分の命は惜しくない、いつでも崖から飛び降りる覚悟はできている、と申しておりまして。それでつまり、今、待ったなしのところまで来ている、いえ、副知事のことではありません。待ったなしなのは、日本です。待ったなしの日本の終末期医療の在り方に一石を投じるため、来年1月より、都内にいわゆる〈安楽死特区〉を設けるプロジェクトが進んでおりまして。え？　それもご存じ。そうですか。ありがとうございます。あのう、最初はどうしても、税金も保険もかけられないために富裕層の方が中心の〈安楽死特区〉づくりとなりますが……ただですね、現在ブログやその他メディアで、安楽死についての提言をなさっている酒匂様と岡藤様に、ええと、今後ご入籍をされるつもりは？　ないのですか。さようですか。ええ。構いません。そういうカップルも増えていますから。それで、是非ともおふたりで〈安楽死特区〉特別枠にお住まいいただけないかと思ってお電話をいたしました。

依頼したい内容はですね、酒匂様には、この特区の様子をブログで発信していただく。そして、安楽死についての提言を当事者としておまとめいただく。パートナーの岡藤様には、カメラマンとして特区の写真を撮影しレポートしていただく、という条件にてほぼ無料でこの特区に住んでいただきたいと池端貴子が申しているのです。はい、これもあくまでもまだ内々ということで。

池端貴子は、安楽死を強く望む都民、いえ、国民の想いを理解し、まずは自ら安楽死を実行しようと考えております。はい。もちろん本気でございます。

日本における安楽死第1号となり、死して尚、国民の皆様のお役に立ちたいというのが池端貴子の率直な想いでございます。そのプロジェクトを酒匂様と岡藤様にも手伝っていただけないかと。はい。自らの死さえも、国民の希望に捧げたい、それが長年国会議員や都知事をやってきた池端貴子の最期の願いだということなのです」

すごいな、池端貴子。

電話を切ってから、背中にぞくっと寒気を覚えた。東京オリンピックの大失敗のまま終わる女性ではないと思っていたが。今度は、安楽死ですって？　羽根木公園の古びた掲示板につい先日まで貼られていた、赤いスーツ姿で白い歯を見せる池端貴子のポスターを思い出した。

マスカラが下瞼に滲むのを右の薬指で押さえながら、都知事選敗戦の弁を述べたのはいつだったっけ。そして、突然のがん告白記者会見のときは、あえて弱々しい化粧をほどこしていた。いつものぼってりとした頬紅も見当たらない。

お隣の韓国や台湾でもとっくに法制化されている安楽死。しかし、そこから周回遅れとりベラル派のジャーナリストや国会議員たちから揶揄されていたこの国に、とうとう〈安楽死特区〉ができるというのか。それも、銀座から歩ける、築地、汐留間にですって？　そこで一番最初に、池端貴子が安楽死宣言をするとは……。ニュースキャスター時代から、いつも新しいことを言い出し、その都度国民の関心を集め、拍手と称賛を浴びて生きてきた女。そして、ややこしい事態とわかると不意にそこから梯子《はしご》を外すようにしてはずれ、さらに新しいものに飛びつき、再び称賛を求める。

〈その称賛こそが、池端貴子にとって究極の美容液なのだ。だから池端という女性は、恋人の気配がなくても、いつまで経っても美しい。称賛と注目を、国民という土壌から根こそぎ吸い上げて栄養にする冬虫夏草のような珍しいタイプの女性である〉

そんなエッセイを美容院の週刊誌で読んだとき、歩は、その通りだ！　と膝を叩いた。

あの辛辣な評論を書いたのは、そうだ、小説家の澤井真子だ！　あっ。そうだ、そうだった！　もうひとつの事実を思い出して、歩は小さな声を上げた。歩が〈安楽死特区〉の存在を知ったのも、先月ネットで読んだ澤井真子のエッセイではなかったか。歩はスマホを開いて、もう一度その記事を検索した。あった！

「アルツハイマー型認知症と診断された作家、澤井真子が〈安楽死特区〉に移住宣言！」と見出しが躍っていて、なんと、「いいね！」が32万もついている。

〈私は小説を書けなくなったら安楽死を希望する。

しかし、安楽死が何なのか？　以前より言われている尊厳死、平穏死と何がどう違うのかも正直よくわからない。それを、日々目減りしている私の判断力で早急に見極めるために、年明けから実験的に、〈安楽死特区〉内の高級タワーマンションへの入居を決めた。アルツハイマー型認知症の私が、複数医師の認定により安楽死をさせてもらえるのかどうかは、まだわからない。

しかし私は、死にたい。

自分がわからなくなる前に命を絶ちたい。奇しくも、先日、末期がんであることを仰々しく、いや失礼、華々しくメディアで告白なさった東京都副知事の池端貴子さんも安楽死を希望していると聞いたが、安楽死が末期がんだけに許されるものだとは誰も決めてはいない。がんだけに許されるという「死の選別」をしてもいいものか。日々、自分が自分でなくなっていく恐怖と戦わねばならない認知症こそ、安楽死を検討されるべきだと考え、私は我が国において、「認知症安楽死第1号」になりたいと思っている。いつでも死ねる、いつでも死なせてくれる環境があるというのは、私にとって大きな安心である。

私の記憶力は日々曖昧模糊《あいまいもこ》としてきている。だから備忘録《びぼうろく》的に、これからも都度都度、雑誌や新聞などで、〈安楽死特区〉についてお伝えしたい。何なら、私が、池端さんより先に日本の安楽死第1号になってもいいと思う。というわけで池端さん、お先に失礼するわ〉

つまり、人からの称賛を栄養にして生きてきたような、妖怪めいたふたりの女、平成を彩った女流作家と女性政治家、澤井真子と池端貴子がそれぞれ、「新しくできる〈安楽死特区〉において、私が安楽死第1号になりたい」と言っていることになる。

急に笑いがこみ上げてきた。そう、安楽死賛成、今すぐ安楽死法を設立させよ、なんて声高に叫んでいる人間は100％、利己的な人間なんだ、やっぱり。

章太郎。あなたの言っていることはもしかすると正しいかもしれない。これからできる〈安楽死特区〉はきっと、利己的な人間の集合体になるでしょうね。

でも、そんな利己的な人間たちがほんとに本気で死を望んでいるのだろうか？ただのパフォーマンスの可能性はないのか？　それを検証するために、私が専属カメラマンになって写真に撮る、章太郎がそれをブログで発信する。なんだか、面白いことになってきたんじゃないか。

歩は久しぶりに、写真家としての血が騒いでいる自分を見つけた。

ボリビアのウユニ塩湖、ギリシャのメテオラ、エジプトの黒砂漠、ブラジル中央高原の月の谷。行きたい秘境はまだまだあった。だけどもう行く機会はないだろうと章太郎と出会ってから諦めてもいた。

しかし、今、見つけたのだ。誰も知らない秘境が、銀座のど真ん中にできる。

しかも、恋人と一緒にその世界に行ける。もう諦めていた恋人とふたりだけの旅行。ベンチで少し温くなった缶ビールの残りを一気に飲み干して、章太郎のもとへと急いだ。急に走り出した歩にバルドがはしゃいでついてくる。そうだ、移住条件として、バルドを〈安楽死特区〉に連れて行くことを認めてもらわないと。でも待って、もしも章太郎まで、妖怪女ふたりに負けじと「俺が安楽死第1号になりたい」と言い出したら？　いや、まさか。あんなギラギラした女たちのキャットファイトと同じリングで死ねるかと、むしろ章太郎は安楽死への希望を失くすかもしれない。

だからこれは、賭けでもある。恋人を死なせないための大博打《おおばくち》に私は出るのだ！

心臓外科医、尾形紘

まさかこの年齢になってから、関西人の自分に東京都心での生活が待ちうけていたとは、昨年の尾形には想定外であった。

難波大医療センターからの出向命令が正式に出されたのは9月のこと。そして10月末に単身引っ越してきた築25年の、中央区築地のタワーマンション23階のバルコニーから、尾形は生まれて初めて、初日の出が昇るのを見た。

毎年大晦日から元旦にかけては急患が多く、思えばいつもこの時期は除夜の鐘のかわりに救急車のサイレンをBGMに聴きながら、病院のなかで疲労困憊《こんぱい》の状態でいた。家に帰るのはたいてい1月2日の夜が更けてからで、妻の佳菜子がおせち料理を用意することはとっくの昔になくなっていた。

こんなにゆっくり年を越すのは何年ぶりだろうか。人生の黄昏を感じ、尾形は自分の年齢を鑑《かんが》みる。心臓外科医として無我夢中に走ってきた20年あまりに想定外のピリオドが打たれて、ここから自分が新たに目指すものなど何もない。もしもこんな事態にならなくとも、視力も集中力も50代になって突然落ち出した自分が、外科医として一線に立てたのはあと数年だったに違いない。

一体、他の奴らはどんな気持ちで自分の老いを受け入れているのだろうか。それにしても……人生なんてほんとうにあっという間だ。人間の致死率は100%、補助人工心臓を付けたところで、永遠に生きられるわけではない。だけど、その星の瞬きのような人生を全うすることを拒み、安楽死を望む人がこの空の下に星の数ほどいるのは、どういうことだろうか。

令和6年が終わった。人影のない勝鬨《かちどき》橋の向こうが徐々に明るさを増し、ビルの合間に伸びていく。濃紺の東京湾の水平線から滲むように現れた荘厳なオレンジ色の光の帯を見ても、新年の希望というか、若い頃にはたしかに胸の内にあったはずのエネルギーは少しも湧いてこなかった。

そして日の出とともに、ベイサイドの景色が白々と現れる。お台場の古びれた観覧車のイルミネーションが消える。近隣の低層階のマンションのベランダには、高齢夫婦と思しきシルエットが、自分と同じように初日の出を眺めていた。自分自身の希望も幸福も感じはしないが、あのご夫婦たちが今年も無病息災《むびょうそくさい》で幸福であるように。彼らはすぐ後ろのマンション地区が〈安楽死特区〉になっていることを知っているのだろうか。白い光はやがてベランダから尾形のマンションのなかにも入り込み、リビングルームに飾った父親作の小さな木彫りの仏像を優しく照らし出していた。光のあたり方によって、仏像の顔は優しくなったり厳しい表情になったりした。

昨晩は、築地本願寺《ほんがんじ》から響いてくる除夜の鐘を聴きながら、携帯を片手に、娘に慣れないラインを送った。

〈あけましておめでとう。お父さんは今、築地でひとり年越しです。一緒にお正月を過ごせなくてごめん。もし冬休みに余裕があるのなら東京に遊びに来てください。デパートは2日から開くみたいだし〉

2時間後、〈今、菜々はママとおばあちゃまとホノルルだよ。この前東京に行ったとき、ドブネズミが死んだみたいな臭いがしたから、あんまり行きたくない〉と、とあまり可愛くない熊だか犬だかの絵が呟いているスタンプだけが返信されてきた。ママは元気にしているかと返信する勇気さえなかった。

あと1週間でいよいよ〈安楽死特区〉が解禁となる。

尾形が引っ越してきたこのタワーマンションの1階には全国初となる安楽死を検討するための医療施設〈ヒトリシズカクリニック〉がオープンする。そしてその隣には、〈レインボーハウス〉なる安楽死を施すための2階建ての建物ができた。特区の住人が、いよいよ安楽死が認められ、本人が決断を下したのなら、死の前日からこちらの部屋に移ってもらう。

60坪あまりのフロアは、すべて畳の和室だったが、そこに真新しいベッドが置かれた。建物の中央は、8帖ほどの坪庭となっており、見事な枝ぶりの松の木と、紅白の梅の木が植えられている。新しい畳の匂いを吸い込みながら坪庭を眺めているだけでは、どこかの高級旅館を訪れたような錯覚に陥る。

畳の部屋は、四方の壁の取り外しが自由になっており、立ち合う家族などの人数により、12帖の部屋にすることも、4帖半の部屋にすることも簡単にできる。ベッドが嫌な場合は、布団を敷くことも、畳を外して掘り炬燵にすることも可能だった。そして小ぶりのテレビや冷蔵庫、パソコン、オーディオ類も完備され、自分の部屋で最期の時間を寛《くつろ》ぐようにして旅立ちが可能となる。最期はひとりで過ごしてもいいし、家族や友人が何人立ち合ってもかまわない。玄関脇には大理石で拵《こしら》えたバーカウンターが作られ、シャンパンやウイスキー、日本酒などずらりと酒が揃っていた。元バーテンダーのヘルパーさんがいるから、たいていのカクテルは作れるという。最期にお酒を呑んでから、死ぬための薬を服用したい人も多いであろうという粋なアイディアであった。

基本、この部屋に居られるのは最長48時間を前提としているが、死のタイミングはあくまでも患者本人が決めるべきものであり、その日、最後の意思確認を本人と行い、医師が死ぬための薬を渡したあとは、医療者や看護師は立ち合わないので、最期までプライベートな空間は保たれるというわけだ。

その間、医師と看護師は、2階のモニター画面で部屋の様子を見守り、同時に録画をされている。本人が死を覚悟し、その部屋に入ったのならば、致死量の薬を飲み死に至るまでの一部始終を録画しなければいけない。犯罪性がないことを証拠として残し、その動画と本人が事前にサインした承諾書、死体検案書とともに都庁にある事務局を通して法務省に提出することにより、医師は免責されるというわけだ。

モニターで本人の絶命が確認されれば、直ちに医師と看護師は1階に降りていき、死亡確認、死体検案書を発行する。ただし安楽死という死因は当面のところ、設けない。死因はあくまでも自殺となるので、死亡診断書ではなく、異状死体の場合に書かれる死体検案書を提出するということになった。

家族がいる場合は、死体検案書は家族に手渡され、家族がいない場合は、〈安楽死特区〉入居時に本人が指定した弁護士に手渡されることになっている。弁護士費用は別途本人が用意する。

年末の〈安楽死特区〉特命医による最後の打ち合わせの日のこと。

ヒトリシズカってなんですか？　一体誰がこのクリニックの名前をつけたのですか？　と尾形が訊くと、「池端孤独担当大臣の命名なので、あまり大きな声で文句を言わないように」と、尾形と同じく特命医として招集された鈴村という老医が人差し指を唇の前に立てながら、からかうように言った。

「そういえば、ちあきなおみの歌にそんな曲名がありましたねえ、懐かしいなあ」

「ヒトリシズカという歌ですか？」

「そうよ。知らないの、あなた？」

「ちあきなおみの歌は、残念ながら〈喝采《かっさい》〉しか」

「ああ、いつものように幕があき〜　ね。あれもいい歌だよねえ。あれもさ、考えてみれば死の歌ですよねえ」

鈴村はもう80歳とのことだった。

「君、歌える？　ちあきなおみ。今度さ、親睦《しんぼく》を図るためにカラオケに行かないか」

無邪気な誘いに尾形が戸惑っていると、傍らにいたもうひとりの医師、尾形と同年代と思える背の小さな竹ノ内という医師が、「カラオケなどで親睦が図れるものでしょうか。お互いの歌を聞いたところで、医療者としての価値観を理解し合えるとは思えませんが」と妙に真面目に反論をした。

竹ノ内医師はアイロンの行き届いた薄ピンクのワイシャツの上から、小さな十字架のネックレスをかけていた。竹ノ内は、尾形でさえその名を知っているキリスト教系の病院に勤めていた緩和ケアの有名医である。白衣のポケットからは、小さな聖書と思しきものが見え隠れしていた。彼は小さく瞬きを繰り返しながら、尾形に向かってこう言った。

「本来であれば、神は安楽死をお許しにはならないでしょう。死は神のみぞ決めることですから。しかし、いつしか神よりも医療が上に立ってしまいました。これは先進国の悲劇です。現代医療の傲慢は止まりません。命の選択権を神に戻すためには、一定の期間、安楽死を国が法的制度として認めることはある意味、必要悪かと感じます」

「……必要悪、ですか」

そこまで考えていなかった尾形は面食らう。
「ただし、ヨーロッパ各国の教会のなかには、たとえばカルバン派などがそうであるように、安楽死に反対している者もいます。私は今回〈安楽死特区〉の特命医となられた皆さんと、安楽死と宗教性についてブレインストーミングする機会が定期的に必要なのではないかと考えます。そこに俗世にまみれたカラオケなどは必要ありません」
にこにこと竹ノ内の話を聴いていた鈴村老医は、尾形に近づいてきて、「僕、あのドクターとはカラオケ行きたくないなあ。夜の銀座で讃美歌《さんびか》を唄われても困るしねえ。まあ、尾形君、また今度ね。ちあきなおみね。じゃあ、良いお年を」と鼻歌を歌いながら出て行った。

2025年（令和7年）1月1日の19時。
各新聞社と通信社は一斉にこんな記事を配信した。

〜我が国初の〈安楽死特区〉、今年より実験的にスタート〜

政府は、多死社会、超高齢化社会からの脱却案を見い出せずにいるが、我が国の社会保障問題、さらには終末期医療を巡るさまざまな問題に対しての解決策の一案として、東京オリンピック以降活気を失くした中央区銀座のホテル及び、築地再開発地区にありゴーストタウンと化した一部のタワーマンションを国と東京都が買い取って〈安楽死特区〉を立ち上げることを正式に発表した。

今年より1年間、病気の痛みなどに苦しみ、今後回復の見込みがなく安楽死を自ら希望される人を、全国から招へいされた安楽死特命医の主導のもとで望みを叶えていく計画だ。

また、この〈安楽死特区〉でのあらゆる結果を国民につまびらかに発表していくことで、いわゆる安楽死法のガイドラインを閣議決定する方向に動き出した。

〈リビングウイル〉に基づいた延命治療（延命措置）の不開始、中止する医師の行為を認めたいわゆる「尊厳死法」が施行されてから早3年、国民の終末期のあり方に、さらに1歩も2歩も踏み込む1年となりそうだ。しかし早速、障がい者支援団体などからの強い反発、また、国家経済の不調から生産性のない生命を切り捨てようとしているなど野党や弁護士団体からは強い反発も起きている。今月内に都内で反対デモも予定されるなど、波乱含みのスタートとなるのは必至である。

〈安楽死特区〉における暫定《ざんてい》的ガイドラインには、「安楽死の要請は、本人からの自発的なものであること」「さらには、ヨーロッパ各国に倣って、孤独担当大臣のポストを設立すること」も同時発表となった。

孤独担当大臣は前東京都知事で現副知事の池端貴子が兼任するが、池端副知事は、すでに自身が末期がんであることを告白しており、自らが安楽死を希望して〈安楽死特区〉の入居を決めていると関係者筋が明かしている。

尚、〈安楽死特区〉は昨年夏に作られたばかりの、〈東京カジノ特区〉に隣接しており、入居者は、同区のカジノ施設を無条件で利用できることになっている。

ただし、認知症が理由の同入居者に関しては、カジノ利用に一定の制限を設ける予定だが、この認知症患者に限った制限に関して、アルツハイマー型認知症を理由に〈安楽死特区〉に入居を予定している作家の澤井真子氏は、「あきらかな認知症差別。認知症の人にこそ、ギャンブルして脳を動かすことが大切。〈安楽死特区〉の入居者が差別されないことを願っている」と早速コメントを発表している。

………………………………………………

2025年1月2日　11時。

池端貴子は、歌舞伎座近くの老舗ホテルのエントランスをバックに、急遽記者会見を行った。お正月ということで、およそ孤独担当大臣というポストには不似合いな金糸銀糸で亀と兎の絵柄を織り込んだ黒地の晴れ着姿で、馴染みの記者と談笑をしていた。さらに驚いたのは、祝〈安楽死特区〉オープンと記された紅白の餅を記者らに自ら配りはじめたことだった。

「新年早々、お仕事ご苦労様です。今年もどうぞよろしくお願い申し上げます。そして来年のお正月には私はもうこの世にはおりません。ですから、着物もこれが着おさめかもしれませんから、記者の皆さま、しっかり写真を撮ってくださいね」

では、お花見の時期にはもう、池端さんはいないと？　との記者の質問に、

「ああ、そうねえ。お花見があったわねえ。桜柄のいいお着物があるの。母の形見の。それを着てから死ぬことにしましょうか。うふふ」

と嬉しそうに微笑んだ。

抗がん剤の副作用を隠すためか、池端は金髪のカツラをつけていた。その姿は、新しい大臣の記者会見というよりも一昨日の、もはやテレビ界の化石的存在となった紅白歌合戦の続きで、演歌歌手の派手なパフォーマンスを見ているかのようだった。

末期がんとはいえ、その存在感は健在で、若干痩せてはいたものの、朗らかなよく通る声で喋る貴子節は魔力のようなものを持っていて、白い羽の大振りの和装襟巻はまるで、チベットの奥地にいるという不死鳥を思わせた。

――ではただ今より、我が国初の孤独死担当大臣、いや失礼、孤独担当大臣となりました池端貴子による〈安楽死特区〉構想記者会見をはじめます、というアナウンサーの声に合わせて、池端はにこっと微笑んだ。笑うことによって骨ばった首筋と落ちくぼんだ瞳が、その肉体が長くはないことを教えていた。痩せた体型を隠すため、彼女は和装を選んだのかもし

れなかった。

「あけましておめでとうございます。池端貴子でございます。お正月早々、死のお話をさせていただきます。どうか、お正月なのに縁起でもないとチャンネルを変えないでくださいましね。いよいよ2025年がやってまいりました。

さて、10年前から我が国の人口は7000万人以上も減少しました。15～64歳の生産年齢人口が7000万人まで落ち込み、65歳以上の人口は3500万人を突破しています。世界のどの国も経験していない、超高齢化社会に突入しました。

そんな年のはじまりだからこそ、そしてご家族やご友人が集まるお正月だからこそ、私は今日、記者会見を開く決意をしたのです。今まで、日本の終末期医療、そして孤独死対策は亀のように鈍い動きでした。ちょうどここ、私の着物の袖のところにも亀がおりますけれど。うふふ。しかし子宮がんステージ4となった私にはもう時間がありません。亀では困るのです。

そしてこの国自体も、もはや猶予《ゆうよ》がございません。昭和を、平成を精一杯、兎のように駆け抜けてきた私たちには、自分らしく死ぬ権利がございます。私も最期は、市場移転の際に命をかけてきたこの築地で、東京の地で、私らしく死んでいきたい。……失礼、咳き込みました。痛みに苦しみ、回復の見込みがなく、もう充分生きてきた、思い残す家族もいない、このまま生きていても孤独死をするだけと思っている人に、無理にお金をかけて治療を行うのは、どう考えても理に適《かな》いません。

バブル以降、平成の世までは、とことん延命治療をしてきたこの国ですが、もはやそういう考えはナンセンス。私はこの〈安楽死特区〉を成功させて、今年こそ、病や痛みに苦しむ皆さまに、死ぬ自由を与えて差し上げたい。そのために崖から飛び降りるつもりです。さらに、もう貯金をする必要もないわけですから、お金を使いたい人は、隣接するカジノでどんどんお金を使っていただく。それが人生最期の、この国への恩返しにもなるのではないかと思うのです。ですから私は、本日、住み慣れた新宿区のマンションを引き払い、この〈安楽死特区〉へ移住をいたしました。私自ら、安楽死第1号として壁を破ります」

一斉にシャッターがたかれると、やつれた池端の顔がみるみる高揚してゆく。

「いいぞ」「貴子ちゃん、頑張れ」と周囲で拍手を送るのは、元国会議員と思しき老いた男たちであった。紋付き袴の現役議員と思しき老人もいる。その元議員たちの誰もが、独身だったり、妻に先立たれて現在は独り身であった。この〈安楽死特区〉を進めるにあたり、尾形は改めて気がついたことがあった。終末期をどう死にたいか、自分で死に方を決めたいと考える人のほとんどが、いわゆる富裕層であることを。

それに、この〈安楽死特区〉内のマンションは、入会金が350万円。夫婦で入居の場合は600万円。家賃は1LDKタイプで介護、医療、夕食代、光熱費込みで月30万円。高級老人ホームに比べればたしかに安いのかもしれないが、死ぬまで暮らす、のではなく死ぬためにやってくる施設の値段としては、どうなのか。しかも、徒歩圏内にカジノがあり安楽死特区の入居者は、入場料無料。カジノ内の飲食費もタダである。富裕層の単身者がすべての金をカジノに継ぎ込んでから死んだとしてもおかしくはない。

東京オリンピックで経済的には失敗した池端が、〈安楽死特区〉と〈カジノ特区〉の合併案で名誉挽回を図ろうとしているのならば……俺はその片棒を担ぐことになりはしないのか。目と鼻の先でやっている池端の記者会見にはあえて立ち合わず、自宅でテレビを観ていた尾形はそれ以上考えるのをやめ、もやもやした気持ちでチャンネルを箱根駅伝に切り替えた。

この計画により、誰がどう潤うのかを尾形が考えても仕方のないことだった。

いや、それよりも考えなければいけないのは、池端氏自身が現在子宮がんステージ4で、膀胱《ぼうこう》と大腸と骨に転移があり、回復は望めない状態にあるという事実だ。昨年秋に、池端は自ら全テレビ局のワイドショーやニュース番組に出演し、こう言い切った。

「私の政治人生、もう悔いはございません。やりたいことをやらせていただいた。最後は私と同じように、結婚をせず、仕事だけを恋人として昭和、平成を駆け抜けてきた女性たち、いいえ、男性ももしかしたらそうかもしれませんが、一生懸命なりふり構わず生きてきて気がつけば、がんが手遅れとなってしまった皆さまと一緒に、幸福な最期とは何かを模索しながら人生を終わらせたい。それが最後の仕事になるかと思っております」

何か凄いことを言っているようで実際何を言っているのか、尾形にはよくわからなかった。ただ、俺は絶対真似できないとは思う。

「池端さん、あなた、ほんとうにずっと恋人はいなかったのですか？」

ひとりの年配記者が下世話な質問をし、柚木というプロジェクト担当の人間が睨みつける。

「うふふ。いやなこと聞くのねえ、はい、私は生涯、国民の皆さまが恋人でした。デートをする暇があったら、ひとりでも多くの有権者と握手をし、政治家として精進したかったのです。そして国民の皆さまとの最後のデートを、この〈安楽死特区〉で行いたいと思います」


1月8日、水曜日。

先日とは打って変わって、真っ白なパンツスーツに身を包んだ池端孤独担当大臣のテープカットにより、〈安楽死特区〉は始動した。

たった1週間で、またひとまわり顔が小さくなったようであった。先週の着物姿では隠されていた鎖骨の窪みに目がいってしまう。しかしその顔は、先週にもまして高揚し、肌艶は悪くなく、ステージ4であってもこうして人の注目を浴びることが、池端にとってはどんな代替療法よりも効果的なのかもしれなかった。

〈安楽死特区〉住居棟マンションには、今日までに98名が引っ越してきた。内、7割が女性ということであった。第1次希望者は、その10倍近くいたという。各医療機関の診断書を持って二度の審査に合格、つまり、この特区の開設にあたり政府が決めた3つの安楽死要件、

1　身体及び精神の耐えられない痛みが続いている。
2　現在の医療では回復する見込みがない。及び、代替手段もない。
3　現在、安楽死を希望する本人の明確な意思表示が可能。

を満たしており、さらに家族がいる者は家族、家族がいない者は親戚や長年付き合いがあることの証明できる知人・友人もしくは成年後見人など2名からの同意書、そして先に挙げた入会費と2ヵ月分の家賃を前払いで振り込んだ者だけが今日までに入居を許されたことになる。ただし、これは表沙汰にはなっていないが、安楽死の普及を目的として、著名人や、インターネットを通じ若者に影響力を持っている、いわゆるインフルエンサー的存在で安楽死に賛同している数人には宣伝要員として〈特別枠〉でこの住居棟に入ってもらうとのことだったが、どのような審査基準と経緯で選ばれたのかは、国のプロジェクトチームの秘密事項であり、尾形ら現場の医療スタッフには一切知らされていなかった。

そして彼ら全員に今日から個別面接をし、〈リビングウイル〉の書類を作成してもらう。その後も何度も話し合いの場を設け、それでも意思は変わらぬと判断された人から、安楽死を実行する。〈安楽死特区〉特命医は、尾形を含めて5名。看護師10名。介護職員15名。

ちあきなおみファンの80歳の老医、鈴村史郎は、青山の一等地にある老舗セレブ総合病院の前副院長だ。専門は消化器内科とのことだが、一番好きなのは、摂食障害やアルコール依存症などの若い女性のメンタルヘルスを治療することだという。いつも若い女性の話題ばかり好き好んでしていて、性的嗜好《しこう》に歪みがあるのではと、ちょっと不安になる。

もうひとりの竹ノ内淳は、尾形と同じ50代。博愛川崎病院の緩和ケア病棟に30年以上おり、がん終末期の患者さんや、看護師に向けた本を何冊か出しており、医療界ではかなり名の知れた医師であった。

そして一番若手は、まだ30代の女医、三浦ユカ。昨年までオランダとスイスの病院で内科医をしており、オランダで安楽死の現場にも立ち合った経験がある。看取りの経験は少ないのだが、なんでも父親は厚労省のお偉いさんらしく、行政からの肝煎《きもい》りで入ってきた。

そしてもうひとりの医師は……その顔になぜか尾形は見覚えがあった。

開業医の鳥居幸平、65歳。愛知のクリニックをたたんで〈安楽死特区〉に来たのだという。愛知から来たわりには関西弁のニュアンスが強かった。生まれは四国だが、50歳までは兵庫県内で開業していたということであった。他の3人の医師は都内の自宅からの通いなのに対して、鳥居は尾形と同じく特区内のタワーマンションに引っ越してきた。それも同じフロアである。鈴村のように呑みに誘おうとしたり、カラオケに行こうとは言いそうもない無口で気難しそうな雰囲気を醸し出しているので、適度な距離感で付き合っていけるような気がしていた。

こうして出身も専門もバラバラの5人の医師のうち誰かが、〈安楽死特区〉入居者のそれぞれの主治医となり、3回ほど全員でカンファレンスを行い、5人のうち3人以上の医師が、「安楽死は妥当である」とサインをし、厚労省と連携を取ってはじめて、希望者の願いが叶うという仕組みであった。

また、これもまだまだ議論をし尽くされていない段階であり、専門家によっても意見が分かれるところだが、〈安楽死特区〉においては当面、患者を死へと導くその方法については、希望する患者に医師が薬物を注射で投与する「積極的安楽死」ではなく、然るべきタイミングで致死量の処方箋を医師が患者に渡し、患者はクリニックに隣接する〈レインボーハウス〉にて、好きなタイミングで自ら薬を飲む、いわゆる「自殺幇助」の範疇《はんちゅう》である手段を取ることとした。

処方薬は飲み薬である。オレンジジュースの色と味をしたシロップで200ccが致死量である。これを飲み干したあと、ほぼ痛みを感じることはなく約10〜15分で永遠の眠りにつくことができる。つまり〈安楽死特区〉の医師が行う行為は自殺幇助である。学者やジャーナリストのなかには、積極的安楽死と違って自殺幇助は医者自ら〝手を汚さない〟分、医師らに罪の意識が芽生えにくく倫理的に問題があるという反対派もいる。しかし、自殺幇助であれば最期の最期の段階になって「やっぱりやめた」と本人が意思を翻《ひるがえ》すことも十分可能なのだ。

　我が国では自殺は刑法に触れない。

たとえ自殺未遂を起こしても、警察に捕まることはない。これに対し、欧米のキリスト教国の多くでは自殺を犯罪として捉えている。自らの命を絶つことで罪に問われる？　日本人にはピンとこないだろう。といっても、自殺した遺体をまさか投獄することはありえないだろうが。我が国において安楽死の検討が遅れたのには、こうした宗教的な背景があるのだ。葬式だけは仏教形式だがほぼ無宗教状態の国民がほとんどの我が国では、無論、自殺は罪には問われない。

　だが、その自殺を手伝った人間は、刑法２０２条の自殺関与・同意殺人罪によって６ヵ月以上７年以下の懲役または禁錮《きんこ》の刑に処せられるのだ。自殺幇助について少しだけマスコミを賑わせた出来事が、これより７年前の２０１８年にあった。舌鋒鋭い保守系の評論家として知られた西部邁《にしべすすむ》氏が多摩川で入水自殺したのを手伝ったふたりの男性に対し、それぞれ懲役２年、執行猶予３年の判決が出たのである。

　この評論家は以前より、「自分には自裁《じさい》の意思がある」と公言していた。自ら遺言の書とした絶筆の著書にも、こんな記述がある。

〈人はひとりで死ぬこと以外には何も残すことがないといった虚無《きょむ》の感が否応もなく押し寄

せる。しかし多くの人が、やるべきこととやりたいこととやれることをやりつくしたあとで、僕のと似たような気分で生死したのであろうと考えると、まあ、人生の相場はこんなところかと思い定めるしかない〉

〈極端な場合、そんな種類の死が間近に待っていると強く展望されるなら、今のうちに自裁してしまおうと決断し、そのための準備をし、そしてその決意を実行する、ということになって何の不思議もない。というより、そうした精神における決断性を具体性にまで固めたとき、自分の現在の生が晴れやかになって、自裁の瞬間まで明るい気分でおれるということになるのではないか。逆にいうと一般に「死の不安」などといわれている心理の多くは、「死の具体的決断」をモラトリアムにおいているところに発するのではないかということである。その意味で、具体レベルでの自裁をハイデッガー流に「無の明るい夜」と呼んでさしつかえあるまい〉

その過激でインテリな評論家をかねてから崇拝していた男性ふたりが、「先生の意思、死生観を尊重したい」とし、手が不自由だった西部氏にかわって土手の樹木にロープで身体を結ぶなどを手伝ったのだ。望みを叶えてやったのだ。「無の明るい夜」のために。

それなのになぜ自殺者は罪に問われず、本人の願いを叶えようと手伝った者は犯罪者となるのだろうか？　生きる希望を失った者が自ら生命を絶つ行為については刑法上、不問に付してもよいが、自殺に関与する行為は他人の生命を否定する行為の一種であり、違法で罰せられるべきであるとの考えが、その法的根拠だと言われている。どこか苦し紛れの倫理観に聞こえるのは尾形だけであろうか。

つまり、この〈安楽死特区〉の何が〈特区〉かといえば、希望者に自殺幇助をする医師及び医療従事者たちは、この刑法２０２条に問われない、ということにおいて〈特区〉なのだと言える。また、特区居住者は今までかかっていた特区外の医師に、引き続きかかりつけ医になってもらってもかまわない。今まで処方されていた薬をもらってくるのも自由である、ということになった。明日明後日に死ぬことになっても、最期の最期まで持病の薬は手放せないのが、現代人の不思議さだ。

〈安楽死特区〉特命医は、あくまでも特区内においてのみ主治医であり、希望者は、これまでかかってきた医師のところに行って治療を続けても、連携さえ取れているのならば問題なしということになっている。

また５人の特命医は、定期的に、マスコミ各社の取材を受けなければならないという義務を負う。彼らの報酬は当面、東京都から支払われることとなるので（そのスポンサーをしているのはトミタグループだが）、東京都内に置かれた事務局の命に逆らうことは基本、許されないということだ。

安楽死希望者についても、取材が入ることを許諾するかどうかを事前に聞いてある。個人情報保護法に基づき名前を明かす必要はないが、それ以外はすべてをガラス張りにすることで国民に安楽死への理解を求めることも、〈安楽死特区〉の大きな役割である。

このようなややこしいレクチャーを〈人生の最終章における国民の意識改革プロジェクト〉の委員らにより、尾形らは今まで何度も受けてきた。


その裏には、マスコミ対応に長けている池端貴子の思惑が端々に感じられた。

しかし、当然と言えば当然の流れだが、1月2日の発表直後、週刊誌をはじめマスメディアが注目をしたのは、〈安楽死特区〉の医療チームの筆頭に、難波大学医療センターのエース心臓外科医だった尾形紘の名前があったことである。

〈スクープ！　富田会長を見殺しにしたあの難波大のお騒がせ心臓外科医が、安楽死特区専属医になっていた！〉

地下鉄日比谷線の中づり広告を見て、尾形はしばし固まった。まだ忘れられてはいないのだ……妻の顔、娘の顔が何度もフラッシュバックしてキリキリと胃が痛んだ。

しかし、それほど大きく扱われなかったのと、余波が少なくて済んだのは、富田グループがそれ以上記事を書いたならば、広告を引き上げると各媒体に脅しをかけたからだという。

だからもう安心して仕事に邁進《まいしん》したまえ、と難波大学病院総院長の大原から尾形宛に速達で手紙が送られてきた。

〈尾形君には是非、安楽死特区で大きな経験を積んでいただき、いずれ我が難波大学も参入することになるであろう安楽死部門についてのアウトラインも同時に考えてほしいのだ。手術室以外の人の死をしっかりと見届けてほしい〉

その達筆な筆文字を観て、郷愁めいたものを覚えた。大原さんは、まだ俺を難波大に戻す気があるというのか。しかしもはや、自分が大阪に戻るイメージは湧かなかった。3ヵ月も休めば、心臓外科医としての勘も鈍るし、家族にも、あの白い巨塔にも、なんの未練もなかった。東京湾を見下ろすこの23階の部屋が自分の家であり、また、〈ヒトリシズカクリニック〉にも、父親が造った木彫りの仏像を何体か置かせてもらったことが、こころの担保になっているように思う。

俺が安楽死を手伝った患者さんの最期を、自死した父の彫った仏像が見守る。無意識のうち、尾形はそこに、自殺幇助にこれから関わる自分への自己肯定を見出そうとしていたのかもしれない。

おう、いいねえ。安楽死クリニックなんだから仏像さんくらい置いてないとカッコつかないよねえ、これ円空仏？　ええ、あなたの親父さんが造ったのかい？　スゴいじゃない。いいねえ。いいじゃないの。和みますねえ。ところでこの仏像は男なの？　女なの？　えっ。どっちでもないの？　できれば女の仏像がいいよねえ、鈴村医師は仏像を撫で回しながら嬉しそうであった。

しかし、その傍らで竹ノ内医師はあからさまに嫌そうな顔をした。眼鏡の奥の黒目がちの瞳は、年齢よりもだいぶ幼く見えた。

「仏教徒ばかりがこのクリニックに来るとは限りません。患者さんへの宗教の押し付けにも感じられます。〈安楽死特区〉は、すべての信仰者であり、すべての患者さんにとって平等でなければならないと思います」

「すみません、どうしても嫌と言うならば撤去しますが」

尾形が申し訳なさそうにそう言うと、ソファで競馬新聞を読んでいた鳥居が珍しく口を開いた。

「ちょっと口を挟んでもええかな。竹ノ内さん、それはあんたがクリスチャンだから気に入らないだけやろ？　だったらあんたもマリアさん像置けばええやないか。〈安楽死特区〉は、いろんな宗教がまじくったらええ。キリストだろうが仏教だろうがイスラムだろうがまじくればええんや。居住者さんのなかには、新興宗教の人も何人かおるらしいし。安楽死を望むのは、どの宗教も関係ないってことらしい。現に、台湾の病院では遺体処置室に仏像さんとマリアさん、隣同士で飾ってあったのを昔見たわ。坊さんのお経の横で讃美歌を歌っている人もおった。神様がふたり並んでたけど、喧嘩している様子はなかったなあ。東京は無宗教の人が多いかもわからんが……やっぱりな、死ぬときだけは神様は必要やで」

竹ノ内は黙りこくった。

後日、その鳥居の一言で、どういうわけか、〈ヒトリシズカクリニック〉のロビーには、尾形の父の仏像と、竹ノ内が自分の家から持ってきた、身長130センチほどの大理石の、可愛らしいマリア像が並んで置かれることとなった。すると女医の三浦は、「だったら私も、書をひとつ置かせてもらえませんか。なくなった祖母が書にした金子みすゞの詩があるんです」と、大きな額縁を一つ持ってきて壁に飾った。

「私の祖母は、アルツハイマーが10年以上進行して死にました。とてもしっかり者でお洒落な人だったのに最期は何もわからなくなって――自分が自分でなくなる前に死にたいとあれほど言っていたのに祖母は祖母でなくなった後も肉体が生き続けたのです。本当に可哀想でした。……これは、祖母が祖母だった頃の証の書です。……だから私、留学したんです。祖母のような患者さんに安楽死をさせたいと思ったから、オランダで研修を受けました。

オランダでは、2011年には、不治かつ末期の病ではなくとも……つまり認知症の人であっても、人道的立場から見て本人の生きる価値がないと認められれば、安楽死が行われるべきだという公式見解が示されています。だから今回、澤井真子さんが入居されたことにとても私は興味を持っています。認知症は、絶望以外の何物でもないからです」

その書にあった金子みすゞの詩はこうだ。

朝焼小焼だ
大漁だ。
大羽鰮《おおばいわし》の
大漁だ。

浜はまつりの
ようだけど
海のなかでは
何万の
鰮のとむらい
するだろう。

鳥居はその書を声にして読んだあとで、三浦の背中に声をかけた。
「あなた、いま、祖母が祖母じゃなくなったとゆうたけど、ばあちゃんがあなたにそう言ったの？　認知症は、絶望だと？」

「えっ？　祖母はアルツハイマーになったんです。言いたくても言えるわけがないじゃないですか。何言ってるんですか」

「いやね、あなたのばあちゃんが、ばあちゃんじゃなくなったと思ったのは、孫のあんたでしょう？　どんなにボケても、ばあちゃんは、ばあちゃんや。死にたかったかどうか、絶望したかどうか、わからんで。勝手なあなたの思い込みちゃうの？」

今日は、三浦が黙りこくってしまった。尾形もどうフォローしていいかわからず、額縁にある鰮という太い書の文字が、自分たちを嗤っているように見えた。

一方、鰮の詩のその額を見て、鈴村が大笑いしている。

「こりゃ傑作だ。まるでここのことじゃないか！　国は祭りのようだけど、私たちはこれから、医者という肩書のもと、罪の意識を押し殺して安楽死という名の弔いをはじめるんだからね」

「ちょっと、弔いとはなんですか」と尾形が制しても聞きはしない。

「いや、いいねえ、リカちゃん。いや失礼、三浦先生、あなたのセンスは抜群だ。どう？今夜、呑みにいかない？」

しかし三浦医師は、鈴村の誘いがまるで聞こえなかったように無表情のままである。

「せやな。たしかに、国家が祭りにしてしまうと、ロクなことは起こらんな。特に医療の問題というのは、国策になったとたんに何かを間違えてきた。今までもずっとそうだった。だから〈安楽死特区〉だってきっと、ロクなことは起こらんだろう。ま、そのためにワシがここに来たようなものだが」

鳥居が小さな声でぼそぼそとそう呟く。それを聞いて尾形は、たまらずその横顔に尋ねた。

「鳥居先生、そう仰るということは、もしかして安楽死法に反対なのですか？」

「いや、反対も何もわからん。これからはじまるのに、わかるわけないやろ。わからんから、来てみただけや。無論、死を前にしての過剰な点滴で患者さんを溺れ死にさせるようなことは避けたい。その思いで今まで町医者をやってきた。人生とは、枯れる旅ですよ。管だらけになって溺れさせず、自然に枯れていけばほとんどの患者さんにおいて痛くない死に方は可能ですからね。だからといって、まだ枯れる前に死を選択する、安楽死というものが、本当に人を幸せにするものかどうか。まだ終末期と言えない人への医者による自殺幇助が、そのあとにご家族への禍根《かこん》を残しはしないか。実際にこの目で見てみないとなんとも言えん。医師として、自分で答えを探したいんや。そう言う尾形先生だって、あなたは安楽死に賛成なの？」

「そうですよね。いや、私もそうです。わからないから来ました。というか、無理やり来させられました。私は今まで、ちゃんと人の死を見たことがなかったかもしれない。医者のくせにね」

尾形は自分の胸の内に問うた。

今まで患者を生かすことばかりを考えてきた。生かすことばかり考えた結果、かえって命を縮めさせてしまった患者が少なからずいたことを、否定はしない。それでも、一昔前ならとっくに死んでいたであろう命を最新の技術と最善の策をもって救うことこそ、己の使命だと考えていた。止まった心臓を再び動かしてみせると、半ば自分を神のように感じたことさえも恥ずかしながら、一昔前まであったように思う。

しかしこれから自分が〈安楽死特区〉で行うことは、言ってしまえばその真逆の行為なのである。この世に生まれたからには人は誰しも一分一秒でも長く生きていたいと信じて疑わなかったこの数十年間の自分は、なんだったのだろうか。結局自分のことしか考えていないんだわ、と言った妻の声が蘇る。

父親の不本意な死があったから医者を目指したはずなのに、心臓外科医として自分がやってきたことは、父親の死を否定することにも繋がる思考ではなかったか。「死にたい」と願うのも、人間として自由である——漠然と心の片隅に置き去りにしていた疑念と明日から向き合わねばならない。だからこそ、「わからん、わからんから来てみただけや」という鳥居の答えは、存外正しいのかもしれなかった。

「鳥居先生、それは私も同じです」と竹ノ内。

「無論、僕もですよ。安楽死法に賛成しているわけではない」鈴村がそれに続く。

それから少し間を置いて、マリア像の横に立っていた三浦が続けた。

「えっ　皆さんはそんなお気持ちで特命医になられたのですか。嘘でしょう？　私は安楽死法に賛成です。皆さんが賛成でないことに逆に戸惑います。死ぬ権利は個人のものです。私はオランダの病院で数年仕事をしていましたので、日本の家族主義には、正直ぞっとします。痛みに耐えることが美徳であるという考え方にも、です。医師は、ご本人が望むのなら、痛みを取り除き、死を希望されるのならばそれを叶えるお手伝いをするのみです。安楽死は患者の自発的行為で行われるものです。そこに医師の感情は不要、いえ、邪魔ではないでしょうか。医者がオピニオンリーダーになる必要はありません。ではお先に失礼します。いよいよ明日、このクリニックがオープンするというのに先生方がそんなお気持ちであることに不安を覚えますが。どうぞよろしくお願いします」

少し頬を紅潮させて一気に喋ったリカは、薄い下唇を噛みしめると、ベージュのロングコートを羽織り、ヒールの踵を鳴らしてドアを出て行く。あーあ、またリカちゃんにふられちゃったよ、と鈴村が手を振った。

日本の家族主義にぞっとする？

そのときなぜか、尾形の脳裏には妻と娘の顔が浮かんでいた。〈安楽死特区〉の報道を、苦々しく感じているのは間違いないないだろう。自分の名前が見出しに躍る週刊誌の広告が載った新聞をリビングルームのごみ箱に放り投げる妻の顔を思い起こして、ぞっとした。

東京への異動を告げたとき、妻は爪の手入れをしながら無機質な声で呟いた。

「単身赴任がしたい？〈安楽死特区〉のためにですって？　ご立派だこと」

「まさかと思うが、東京に一緒に来る気はないだろ？　銀座の目と鼻の先のマンションだが。昔、東京に住んでみたいと言ってなかったか？」

「ええ、でも死者の匂いを漂わせている人と一緒に暮らすなんてごめんだわ。たとえ銀座に住めるとしてもね。本当は、触られるだけでいつもぞっとしていたのよ。今だから言うけれど。この人、死人を触った手で私を触っていると思って、あなたとのセックスなんて感じたことがなかったわ。早く終われと、ずっと目を閉じて我慢していたのよ」

女流作家、澤井真子

真子が久しぶりに銀座の認知症外来専門の〈ピースフルクリニック〉を訪ねたのは〈安楽死特区〉への移住の手続きと〈リビングウイル〉の作成を終わらせた、２０２５年の１月半ばのことであった。この日、美和は同行してはくれなかった。移住したといえども、広尾と築地は地下鉄で20分もかからないので毎日来てくれるものと思っていたが、最近真子のもとを訪ねるのは週に一度か二度。もっとも、連載の仕事は月刊誌『永遠』だけにし、後の仕事は断ったのでやることも減っていた。

今の美和の仕事は、広尾のマンションにある膨大な資料の整理であった。真子は、もう過去など振り返らずに紙の資料などすべて処分してしまえばいいと言ったのだが、電子化されていない記事や連載も多くあるはずだから、そうはいかないと主張した。

この日、ＭＭＳＥや脳の血流などいくつかの検査結果を確認しながら、主治医の蔦野は、目を丸くした。

「澤井さん、この半年のあいだに、あなたにどんな変化があったのでしょうか？」

変化と言われて、一瞬穏やかではなかったが、蔦野医師はまるで面白い小動物を見るかのように優しい目をさらに細めて、真子のことを嬉しそうに眺めていた。

「生活の変化なら、ありました。先生も雑誌記事などで大筋はご存じでしょう？　私、例の〈安楽死特区〉に移り住んだのです。この近くなの。私の住まいは今、東銀座の昨年倒産したホテルを改装した住居棟なんです。このクリニックまで歩いて来られるようになりました。それにしても、銀座の看板は、中国語と韓国語ばかりになったものね。ずっと広尾に住んでましたでしょう、私。だからこの環境の変化が、なんだか楽しくって。上京したての女子大生みたいな気分なんですの。住居棟はレストランもあるけれど、自分でキッチンでお料理するのも自由。毎日デパートで美味しいものを買っているんです。だってもう私、食べ物くらいしかお金の使い道がありませんから。もうすぐ死ぬ人間に、服も靴も必要ないのよ」

そこで少し、蔦野の表情が曇った。手元のペットボトルの水を一口飲み、数秒躊躇ってからこう切り出した。

「澤井さん、その環境の変化が功を奏したのかもしれませんね。認知症の検査結果ですが、以前よりだいぶ改善していますよ。これなら、中等度ではありません。ごく軽度のアルツハイマー型認知症だと言っていいでしょう」

「なんですって？」

「なかなかここまでの改善例はありません。環境の変化、そして小説家としての気概が、あなたの脳を前向きにさせ、改善させたのだとしか考えられません」

「そう、そうでしたか。ありがとうございます。でも、でもそれなら私、……安楽死させてもらえないかもしれない、ということかしら」

今度は本当にはっきりと、蔦野医師は表情を曇らせたのだった。

「あなたの月刊誌の連載は読ませていただいております。うちのクリニックの名前もご紹介いただき感謝しています。先月号でしたか、〈自分の最期は自分で決めさせて頂戴〉というタイトルはあなたらしい、大変興味深い論考です。

しかし、澤井先生、認知症が改善されていることを踏まえて、あえてお伺いします。安楽死というのが、あなたの本当の、自分らしい最期だと本当に思われますか。そして、あなたはこの、〈安楽死特区〉の開設にあたり国が決めた3つの要件を本当にご存じなのでしょうか。
1　身体及び精神の耐えられない痛みが続いている。
2　現在の医療では回復する見込みがない。及び、代替手段もない。
3　現在、安楽死を希望する本人の明確な意思表示が可能。
澤井さん。今のあなたに当てはまっているのは、このうち、3しかないようにお見受けします。違いますでしょうか。どうしてあなたが、〈安楽死特区〉への入区を東京都から認められたのでしょう?」

その言葉からは、今までこの医師から感じたことのない、ふいに大理石の石柱に触れたときのような冷ややかさがあった。蔦野医師は〈安楽死特区〉構想に大きな疑問を持っているのだ……考えてみれば、この人は認知症専門医。臨終と向き合うことはほとんどないのではないだろうか？　いわゆるスパゲティ症候群といわれる、管だらけになって死んでいく人の姿を見たことがあるのだろうか？　そもそも、誰かを看取ったことがあるのだろうか？

しかし、そんな失礼なことを今ここで、初めて見る不機嫌そうな顔の蔦野医師に訊く勇気を真子は持ち合わせていなかった。

「仰る通り私は特別枠です。出版社の人が、国家プロジェクトに私を推してくれました。その代わり、私は安楽死を遂げる日までのことの詳細を、雑誌で発表するのです」

蔦野はしばらくの無言ののち、口を開いた。

「国もなんとも乱暴ですね。人の命と破綻寸前の財政を秤《はかり》にかけているとしか思えない。認知症の患者さんに、安楽死なんて必要ありませんよ。失礼ながら、あなたはその出版社に踊らされているのではありませんか。そもそも、この安楽死3要件に、終末期という言葉を明記していないことに、私は大変な疑問を覚えています。あなたに申し上げることではないかもしれませんが」

真子の鼓動が激しくなった。私は自分の死を自分で決めたいだけなのだ。なぜそれを、この温厚な蔦野がわかろうとしないのだろう。

「蔦野先生、そこは私、原稿を書くにあたり調べました。日本のこの安楽死3要件は、オランダの安楽死法をほぼ踏襲しています。もっとも、オランダは医師が直接注射をする積極的安楽死と自殺幇助、どちらも認めていますから、そこは、自殺幇助だけをとりあえず認めようとする日本とは大きく違いますけれども。それに、オランダは2011年に認知症の人にも安楽死を認めるべきと公式見解を出しているのですよ」

「そんなことまでしっかり調べて記憶なさっている。ますますあなたは、もはや認知症とは呼べないようだ。今すぐ診断を撤回しましょう。それに、確かにあなたの言う通りオランダは先の公式見解を出しましたが、実質はまったくうまくはいっていないそうですよ。欧米の法律を形だけ真似すれば、国民の納得を得られると政府も思っているんでしょう。日本国民を馬鹿にしていますよ」

蔦野は、あきらかに怒っていた。

「先生お願いします。私を困らせないでください。オランダも、安楽死要件には終末期という言葉が入っていないはずです。ですから、認知症や精神疾患の人にも安楽死は認められているのです。耐えられない痛みというのは、何も肉体的な痛みだけとは限らないことは、先生が一番よくおわかりでしょう？　そして」

そして。

今ここで蔦野にならば、言える気がした。この人は絶対に秘密を守ってくれるであろう。自分の醜い部分を曝《さら》け出せる。医者というのは本当に難儀な仕事だ、私のこんな暴露話さえも、保険診療内で受け止めなければならないなんて。

「そして、私は、5歳で死んだ息子のことを忘れる前に逝きたいのです」

「お子さんが、いたのですか」

「ええ、私は20代のときに未婚の母となりました。父親は既婚者でした。私はその男性に黙ったまま、息子を生みました。その息子が小児脳腫瘍になったのと私が作家として売れはじめたのは同時期でした。幼稚園に行くようになって、よく転ぶようになったなと思ったけれど、やんちゃな子なのだとたいして気にせずにいたら、あっという間に歩けなくなり、病院に行ったときはもう手術ができない状態だと。

私は、息子を失うことが怖くてたまりませんでした。もっと言えば、私には打算もあったのです。息子さえいれば、その父親である男がいずれ私のところに来てくれると夢見ていたのです。若かったから。息子を失くしたら、それと同時に、その男の愛情も未来永劫失くしてしまうと考えました。……今思えば、すべては自分のエゴからなんです。苦しむ息子に1日でも長く抗がん剤と放射線を続けさせ、植物状態になっても、1日でも長く生かしてもらうことしか考えておりませんでした。息子は1ヵ月あまり、小さい身体で苦しみ抜きました。しかし私は、その苦しみが、過剰な延命治療によるものとは露とも知らなかったのです。人が死ぬというのは、さように苦しいものなのだと日に日に衰弱する息子のベッドの脇で自分に言い聞かせるのに精一杯でしたから。

今のように緩和ケアも整ってはおりませんでした。5歳の息子の生と死は、ほぼ私しか知りません。この世で私しか知らない命なのです。息子を苦しめた張本人である私しか。その私が認知症になって息子のことを忘れてしまったとしたら、それは私が二度息子を殺すことになりませんか。私は、息子を苦しませて殺したという十字架を背負ったまま、その記憶を保持したまま死にたいの。人間が認知症になって、すべてを忘れて、ともすれば死ぬということさえわからずに逝けることは、神様からの最後のプレゼントかもしれません。しかしそれは、真面目に善良に生きてきた人のお話でしょう。私には、そんな資格はないように思います」

「あなたは真面目に生きている」

「いいえ、私は真面目に、自分のことだけを考えて生きてきた人間です。エゴイズムだけ。だから最後の神様のプレゼントは必要ないのです。私は息子の記憶をすべて保持したまま、死にたいだけ」

しばらく沈黙したあとに蔦野は窓の外を見たままこう言った。

「息子さんは、あなたしか知らない命ではないですよ。あなたはそのことをテーマに『愛の受難曲』という作品を書いたではないですか。息子さんは、この世で大きな役割を果たしていますよ。あなたしか知らない命のわけがない、何千何万という読者が息子さんの死から多くを学んだはずではありませんか」

真子は驚いていた。

想いもしないことであった。嗚咽が止まるまで、蔦野は真子に背を向けずっと窓の外を見てくれていた。

「そして、あなたが死んだあとも、息子さんは小説のなかで生き続けます」

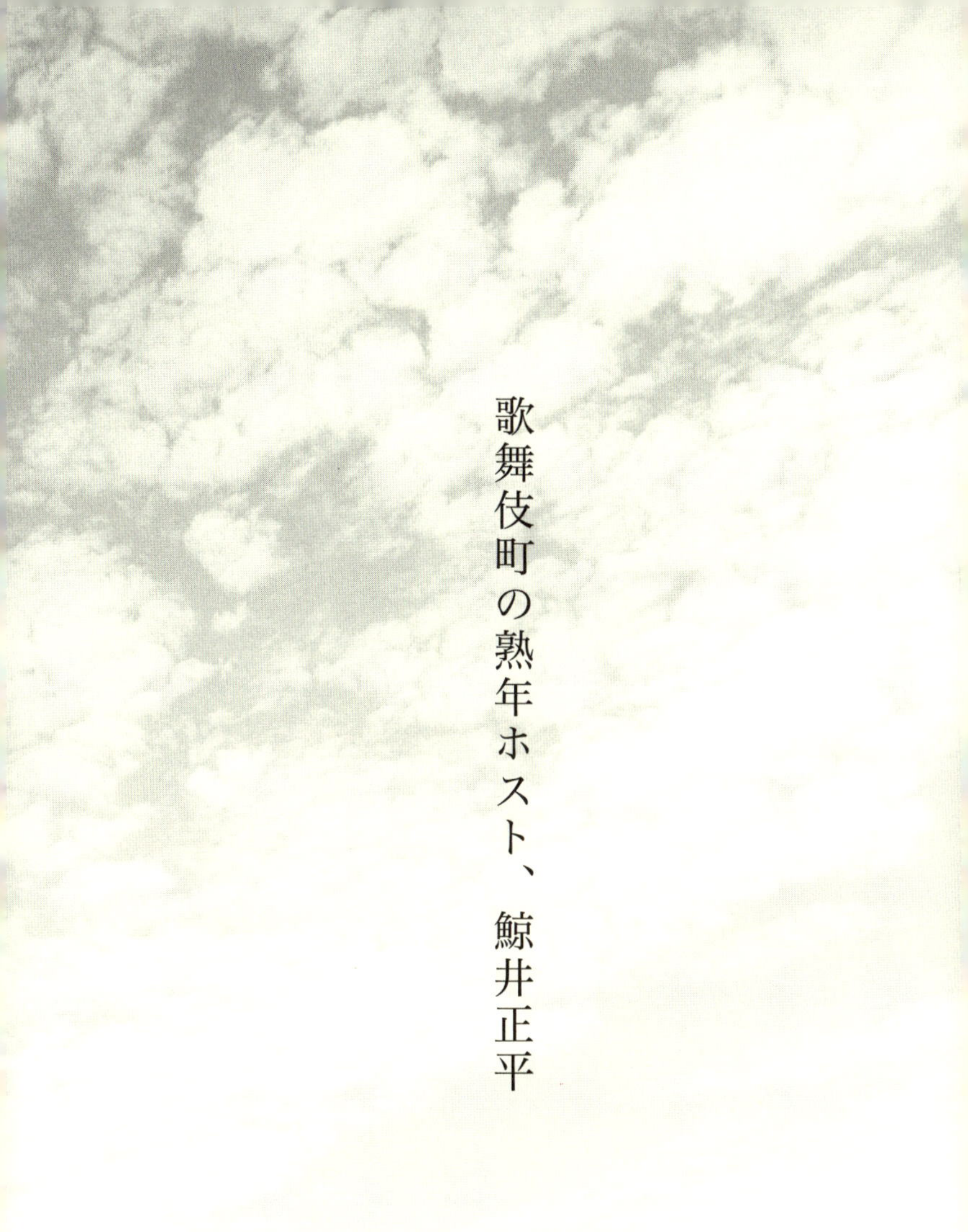

歌舞伎町の熟年ホスト、鯨井正平

背中の怠《だる》さと吐き気で目が覚めた。はっとして枕元のブライトリングの腕時計を手に取り見ると、16時を過ぎていた。手を伸ばしてカツラを探す。冷や汗をかいてから今日が1月2日だということを思い出す。

今日から5日まで、鯨井正平《くじらいしょうへい》が店長を務めるホストクラブ〈ヘブンズドア〉は正月休みだった。年越しのカウントダウンパーティーで盛り上がり、昼間に店で仮眠をし、さらに元日は17時からまた店を開けて鏡割りをした。前夜のドンペリが残っている身体は、鏡割りをした瞬間から匂う樽酒に殺されそうになった。早く横になりたい。それればかり考えていた元日は幸運なことに23時前に客がひけて、正平は命拾いさせてもらったような心地で曙橋《あけぼのばし》のマンションへタクシーで帰りついた。店では41歳と偽っているが、実は9歳もサバを読んでいる正平は、昨年50歳となった。新宿西口にある美容外科でボトックスとヒアルロン注射を打ち続けている。顔はパツパツしていたが、腹や尻のたるみはもう老人である。頼むから禁酒してくれ、という主治医の頼みを裏切って、久しぶりに深酒をしてしまった。

贔屓《ひいき》にしてくれている歌舞伎町の人気ホステス、葵《あおい》くららがドンペリタワーを注文したのだから、呑まないわけにはいかなかった。くららは年季の入った固定客で、東日本大震災の前の晩も店に来ていた。新宿西口の美容クリニックを紹介してくれたのも、たしかくららである。そんなに長い間の知り合いだというのに、正平はくららの本名すら知らないし、正平も源氏名の翔としか名乗っていない。最後に寝たのはいつだったのかも思い出せない。

それなのに、久しぶりに昨日は酔ってしまい、くららに介抱されて自宅まで一緒に来てしまった。

嗅ぎなれない匂いがする。ああこれは鰹節の匂いだ。それとほのかな昆布。昨晩、ほぼ客が引けてから店のトイレで嘔吐し、空っぽになった胃袋に容赦なくその香りが入り込んでくる。マンションの部屋中に沁みつきそうな、グルタミン酸に気が滅入ってくる。子どもの頃の正月を思い出して、この世に執着してしまいそうだ。

混乱してキッチンへ行けば、くららは茶色に染めた長い髪をひとつに横に束ねて、正平のパジャマを羽織ったまま、雑煮を作っていた。キッチンの青いタイルと董《とう》が立ち過ぎたホステスの生脚と、正月の雑煮という酔狂な組み合わせを、昨年の正平なら笑い飛ばしていただろうが、今年はもう笑う体力がない。

「くらら、何してる?」

「何って。見ればわかるでしょう? じゃーん、お雑煮作ってる。駅前のマルエツやってたの。ラッキー。ショウのふるさとは鰹だしで雑煮を作るって、昔言ってたの思い出したからさ。たまには一緒にお正月したくなっちゃった。だって昨日さ、マトモに食べてないでしょ。

ショウって酔うのが早くなったよね。私より先に酔っちゃうんだから、店長失格じゃないの。それとも体調悪かった？　しっかし、ショウのマンション来るの久しぶり過ぎて、キッチンの何処に何があるかすっかり忘れていて、参ったわ。あ、ねえ。みりんはないの？　あと、日本酒もほしいんだけど」

「ない」

ピンクの下品な長いネイルの隙間から三つ葉が刻まれていく。

「ええ。ショウって結構お料理していたじゃない？　最近はごはん作んなくなっちゃったんだ」

「ずっと食欲がない」

「そうなんだ。疲れてるのよ。店長の年越しって大変じゃない。それに平成と違って最近のホストの子って自由過ぎるからねえ。クリスマスに休むしさ。それに酒飲めないでホストできるなんてさ、おばはんホステスの私には信じられないもの。あ、大丈夫よ、みりんなくてもなんとかなるから。シャワー浴びてきな」

くららの声がはしゃいでいる。ピンクの爪で、今度は柚子の皮を剥こうとしていた。

「ごめん、くらら。雑煮、適当に食べてくれ。食べたら帰ってくれないか。俺はまったく食欲が湧かないんだ。もう少し横になりたい。ごめん」

「えっ、なんで？　やっぱ具合でも悪いの？　熱は」

額に当てようとするその右手を遮って、正平は茶化すように言った。

「熱はない。そうじゃない。実は俺、末期がんなんだ」

「嘘」

「だよな、嘘だよ。今、悪い夢を見ていた。すまん、この礼は近々にするから、すまない、今日は帰ってくれ。疲れているのは本当だから。お前を抱く気力もないんだ。申し訳ない」

くららが帰ったあとで、その雑煮は鍋ごと、マンションの隣室にいる20代の韓国人ホストに持って行った。彼はとても喜んでいた。自分の正月は2月の旧正月だから、今日は何もご馳走がなかったのだと。お返しに、一昨日ソウルから送られてきたキムチをあげると冷蔵庫からタッパーごと持ってきたのを、断るのに一苦労したが。

部屋に戻りテレビをつけると、画面にいきなり、池端貴子の顔がアップであらわれた。晴れ着姿。しかし正平の知っている貴子の顔とはかなり面変わりをしている。それでも貴子のことだ、ゲッソリ見せないように頬にはきっと脱脂綿を入れていることだろう。昔から、ほうれい線を隠すためだといって写真撮影のときには人知れず脱脂綿を入れていたような女だ。

年齢とは不釣り合いな煌《きら》びやかな着物を着て、貴子は記者たちに向かって、朗らかに深刻な話を続けている。

――私は崖から飛び降りるつもりで、〈安楽死特区〉を成功させねばなりません。さらに、もう貯金をする必要もないわけですから、お金を使いたい人は、隣接するカジノでどんどんお金を使っていただく。それが人生最期の、この国への恩返しにもなるのではないかと思うのです。ですから私は、今日、住み慣れた新宿区のマンションを引き払い、この〈安楽死特区〉への移住をいたしました。

なんだって？　貴子が、〈安楽死特区〉へ？

テレビの前で正平は、背中の痛みを忘れていた。今から30年前、正平がホストとして大成したのは、他の誰でもない、池端貴子の力が大きかった。

まったく客のつかなかった垢抜けない駆け出しホストの正平に入れあげ、毎週のようにドンペリを入れてくれ、フルーツを頼んでくれたのは池端貴子であった。

幼い頃に母を亡くした正平にとって、貴子は母親のようでもあり、姉のようでもあり、しかし他の客に正平がついた瞬間に口をへの字にして本気で嫉妬して怒り出す姿は少女のようで可愛くてたまらなかったのである。家族の愛情は知らないが、唯一、一緒に暮らしたいと思った女は、この30年のホスト人生のなかで貴子しかいない。

しかし、貴子は、テレビコメンテーターから国会議員に初当選したその日、あっけなく正平を捨てた。

「あなたとは一緒になれないの。でもあなたのことを愛していたわ。天国とか、来世があるのなら、また会えたら幸せね」

普及しはじめたばかりの携帯電話の向こうで、貴子はそう言った。その後、100万円の小切手が送られてきた。口止め料ということか。その後、熟女キラーのショウというあだ名をほしいままに年上の女性客をどんどん贔屓にしたのは、貴子に鍛えられた側面が大いにあった。貯金に励み、2004年にホストクラブ〈ヘブンズドア〉をオープンさせたとき、どこから聞きつけたのか、貴子が、それは見事な真珠色のカサブランカ100本あまりの花束を贈ってきた。

「夢を叶えたのね。私も頑張るわ TAKAKO」というカードを開いたときの喜びは、昨日のことのように正平の胸に焼き付いている。俺のことを死ぬまで覚えてくれている人間は、この世に貴子しかいないのだ。

貴子はカサブランカが好きだった。花は大きければ大きいほどいいと言った。

「ショウ、覚えておいて。カサブランカはお花の女王なの。私は、この国の女王になりたいのよ。だから私は結婚はしない。あなたのことは大好きだけど、恋愛や結婚に時間を割く暇はないの。一輪咲きの百合の花みたいに、ひとりで咲いて散るのが運命。だけどもし、ショウ、あなたが私よりも長生きするのなら、私が死んだときにカサブランカの花束を贈ってほしいの」

30代になったばかりの貴子は、どこか醒めたようでいて誰よりもロマンチックな言葉をときどき吐いた。そういうところが自分と似ていると思った。育ちがいいように見えて蓮っ葉で下卑たところあって、そこが魅力であった。だから、貴子が死んだときは俺が、貯金をはたいてカサブランカで埋め尽くしてやろう。それが正平の夢であった。しかしその夢は、昨年末の医師の宣告で消えそうになっていた。

「鯨井さん。残念ながら、抗がん剤の効果が見られなくなったようです。先月の検査結果ですが、CA19―9が7500にまで跳ね上がってしまいました。これ以上は残念ながら、打つ手はなさそうです。良い緩和ケアの病院をご紹介することも、できますが」

1月2日の夜、正平は、抗がん剤をやめる決意をした。

もう効かないぞ、来週の外来に行くのはやめてしまえ、ここから先はお前の身体を弱らせるだけだ、と細胞全体が脳に訴えかけている。正平の膵臓にステージ4のがんが見つかったのは、1年前のことだった。

四谷のクリニックの医師は、正平の目も見ず、CT画像を見つめながら、「ああ、ホストの方って多いんですよねえ。膵臓がんが。まあ、今までさんざんお酒飲んで楽しいことしてきたのだから、太くて短い人生ってことで、悪くはないと思いますよ。羨ましいくらいですよ。女を抱きまくって、自由奔放に生きて死ねるんだからね。僕も生まれ変わったら、あなたみたいな人生を送りたいなあ」と冗談めかして言い放った。

バカ医者め、お前が死ねと声に出さずに呟いた。

そこから新宿駅そばの大学病院を紹介され、もはや手術はできる状態ではなく、抗がん剤での延命しかないと聞いた。余命半年の宣告を受けた。診察室の窓からは、都庁が見えた。しかし抗がん剤が功を奏し、カツラさえも誰にもバレることなく1年も仕事ができていたのだから、良しとしよう。だけどそろそろ、打ち止めだった。

ホストは、毎月の売り上げに一喜一憂せねばならない、数字に縛られた人生で、なんら普通のサラリーマンと変わらない。そこに今度は、腫瘍マーカーのＣＡ19―9とやらの数値に一喜一憂する日が重なる。

人間というのは、死ぬまで数字に追いかけられて生きていくしかないのか。しかし、もし抗がん剤をやっていなかったら、昨年内に死ぬ運命だったかもしれない。だとしたら、貴子のこの記者会見をテレビで見ることもなかった。

正平は、急に貴子が愛おしくなった。同じ時期に同じように抗がん剤の副作用と闘ってきたはずだ。運命を感じないわけにはいかない。

都庁と歌舞伎町、ＪＲの線路を挟んで歩いて行ける距離だというのに、まるで地球の裏側にあるかのように、彼女が働く場所は遠すぎた。仕事が恋人と言い続けた孤高の女政治家が本当に愛していたのは、もしかしたら後にも先にも自分だけではなかったのか。

そんな甘やかな感情が、最近は背中というより骨まで痛い正平の身体を少しずつ軽くしていく。

何度もテレビで繰り返される貴子の記者会見姿をソファベッドに横になりながら観て、正平はある決意をしていた。


貴子と一緒に死のう。

貴子と一緒に天国の扉を開けるのだ。孤独を友とし世間と闘ってきたひとりとひとり。最後くらい、ふたりで一緒になるのもいいじゃないか。

正平はベッドに横になったままスマホで〈安楽死特区〉の情報を読み漁りながら、自分と貴子の最期は、カサブランカの香りに包まれるのが相応しいと感じていた。鰹節の匂いが似合う家庭的な人生とは、お互い無縁だったというわけだ。そして、〈安楽死特区〉居住者が死に臨むときは、居住者が許可した人間は、家族でも友人でも何人でも立ち合うことができるというページを探り当てた。

そのあと「都内　花屋　カサブランカ」と検索したところで、スマホを持ったまま正平は眠りについた。骨が痛い。

旅行写真家、岡藤歩

都から任命された特別枠として〈安楽死特区〉のパブリシティ活動を請け負うため、パートナーの章太郎とともに歩がこの居住棟に入ってから1ヵ月が経とうとしていた。歩は、入居者が許す限り、彼らの写真を撮り、どういう経緯で安楽死を希望するかを、国が管轄するこの特区の公式ホームページ、〈Eutahanasia.JP〉のサイトに上げていくことが仕事であった。

入居者の内訳は、圧倒的に女性が多く（撮影を承諾してくれるのはさらにそこから女性が多かった）、そのうち6割が末期がん、2割が章太郎のような神経難病もしくは脳疾患、そして1割が認知症その他、といったところである。

章太郎のブログを読んでここに入区を決めたという人も少なからずいて、章太郎は女性入居者からよくモテた。体調のいいとき、章太郎がロビーで寛いでいると、必ず誰かしらの女性入居者から話しかけられている。バルドはさらにモテていて、もはや〈安楽死特区〉のマスコット犬的存在である。たいてい歩は無視されるが。ここに引っ越す前に飼い犬や飼い猫を泣く泣く手放したという人も多くおり、（死後のペットの飼育は請け負わないというふうに〈安楽死特区〉の約款に書いてあったのだ。バルドは特別枠として入居を許されたのである）、別れを告げた愛犬を思い出すのか、1時間も2時間も、ロビーでバルドに話しかける老人もいた。


しかし環境が変わったせいであろうか、ここに引っ越してからというもの、章太郎の調子は日に日に悪くなっていった。脱力感と視力障害が進み、最近は読書を諦めてしまっている。

「どう、しよう、ものすごく、手足が痺れるんだ」

章太郎にそう言われるたび、両手で包み込むようにして歩は章太郎の手をマッサージした。同じように足の先も靴下の上からゆっくりと揉む。

「脊髄《せきずい》がやられはじめている。ずっとぴりぴりしている。たぶんまもなく、運動麻痺からの尿失禁、便失禁が、はじまるな。冗談じゃないよ、この年でオムツなんてさ」

歩はただ黙って聞く。いずれ誰もが歳を取ってオムツになるんだ、それが少しだけ早く訪れるだけじゃないかと言ったって、頷く章太郎ではないことを知っている。

「なあ。あゆむ。俺が、ここで安楽死するとき、致死薬、を、ボトルを手に持つことがもう、できない。そのときは、あゆむ、君の、手で薬を飲ませてくれ」

歩は思わずマッサージする手をとめた。

「なあ。今ここで、それを、承諾して、くれないか」

「できません。ここのドクターにやってもらえばいいじゃない」

章太郎の声が苛立つ。

「できないんだよ。それは。とっくに、調べてある。死ぬための薬は、自力で、飲まなければならない。医師及び、医療従事者は、薬を、患者に渡すところまで、で。あとは本人か、本人が身体的支障から薬が飲めなかった場合は、本人が指名した、医療者及び、医療従事者以外の、人間が飲ませていいことになっている。もし、君が直接、俺に薬を飲ませるのが、嫌だというのなら、せめて、包帯か何かで俺の右手に薬を縛りつけて固定して、くれ、よ」

「できません。ひとりで死ねないのなら、死ぬべきじゃない。ねえ、章太郎。ここに来てから急に調子が悪くなっている。でも章太郎は、終末期というわけではない。不治かつ末期というわけではないでしょう。章太郎の病気は、悪くなったり良くなったり波があるでしょう？　世田谷に帰ろう。もういい。死にたい人が集まったマンションにいて、元気になれるわけがない。私も毎日、鬱々としてきた」

「簡単に、言うな。俺はもう、寛解、再発を、何度も繰り返してきた。ここからは、悪くなる一方だ。恋人、に、下の、世話をして、もらうなんて、絶対に、嫌なんだ」

「章太郎はいつも勝手すぎるね。私に下の世話はさせたくないけど、殺してほしい？　むちゃくちゃよ。私の気持ちなんてひとつも考えない」

「お前こそ、理解が、ないんだ！　日々、痛いこと、痺れる、ことが、どれだけ、俺の、精神性を奪うか、わからないだろう！」

それ以降、章太郎は歩にマッサージを求めることはなくなった。

〈ヒトリシズカクリニック〉に、章太郎ではなく、歩だけの打ち合わせの依頼があったのは2月半ばのことだった。

東京には珍しく大雪警報が出ていた。撮影のためにすでに勝手知ったるクリニックロビー奥の応接室でヒーターに手をかざして待っていると、そこに現れたのは、池端貴子とその秘書らしき男女だった。男女がそれぞれグレーの地味なスーツであるのに対し、池端は、春を思わせる桃色のパンツスーツ。車椅子でやってきた。

「岡藤さんね。ホームページ見たわ。あなた、素敵な写真撮るのね。なかなかの腕よ。あなたの写真のおかげで、〈安楽死特区〉の株が上がったわ。ありがとう」

握手を求めるために差し出された池端貴子の右手は、思いのほか冷たく、ゴツゴツと骨を感じて、歩はその動揺を隠すのに必死だった。この人はもう自分の肉体の死期を知っている。

少し呼吸を整えてから、貴子はこう切り出した。

「お願いというのは、他でもありません。いよいよ来週、私は安楽死することとなりました。日本で初めての安楽死をこの私が行います。私が先駆者です。それで、岡藤さん、あなたに私の最期を動画とスチールと両方で撮影していただき、動画のほうは生中継で、ネット配信をしてくださらない？」

「生中継、ですか？」

「そう、最初はNHKのテレビ中継と思っていたのだけれど、テレビはどうしても、予め決められている人の死を生中継することは企業コンプライアンス上、許されないということなのよ。見たくない人にまで見せてしまうには、あまりにも映像が深刻すぎると言うのよ。もう、がっかりでしょう？　せっかく池端貴子の安楽死場面を撮らせてやると言っているのに、おかしな話だわよね。それで、あなたに、ネット配信として私の最期を一部始終撮らせてあげようと思うの。もちろん、ドクターの皆さんの許可はすでに下りています」

私の死を撮らせてあげる。

相変わらずの女王然とした振る舞いに歩はおかしみと尊敬とを同時に感じていた。

「わかりました。心して撮らせていただきます」

「そう、ありがとう。その前に今晩、私の決意表明を生中継してほしいの」


2025年のバレンタインデーのその夜。

日本中の国民は、インターネットの生中継動画に夢中となった。桃色のスーツに身を包んだ池端貴子の記者会見は、本人の体力的問題もあり、10分足らずで終わったものの強烈なインパクトを残した。

会見直前に貴子はSPに手伝ってもらい車椅子からソファへと移動した。背中には硬いクッションが置かれて、背筋をまっすぐにただした。そして、「ねえ、私、病人に見える?」と歩に訊いてきた。「いいえ」と歩は答えた。病人に見えてほしいのかそうでないのか、本人もよくわからないのだと思う。「唇がすぐに渇くのよ。口のなかも」そう言って、口を潤わせるためのスプレーをひと吹きし、秘書に鏡を持たせたまま口紅をひと塗りした。

「いいわ。カメラを回して頂戴」。20時ちょうどである。

池端貴子はインターネットを通じて、〈安楽死特区〉内、〈安楽死第1号宣言〉を少し呟き込みながら行った。

「こんばんは。ええと。日本初の孤独担当大臣を拝命した私、池端貴子ではありましたが、兼ねてから闘病中のがんが進行し、身体のあちこちに転移をしていることもあり、たった3ヵ月足らずでの辞任となりますことをまずはお許しください。国民の皆さまにお詫びを申し上げます。それとともに、今日は皆さまにご報告がございます。

私は1週間後のこの時間に、〈安楽死特区〉にあります〈レインボーハウス〉にて、特命医のドクターより最後の診察を受けたのち、液体の致死薬をもらい、それを自ら飲みまして日本人初の安楽死を遂げることが承諾されました。今、私の身体は全身にモルヒネのテープが貼られております。そのおかげで、こうしてお話できる程度に痛みは緩和されております。しかし、今後痛みと怠さはさらに増してくるでしょう。

がん患者のこころの痛みまでは、モルヒネで取ることはできません。そして私は、結婚もせず、兄弟姉妹もおらず、両親は平成のうちに亡くなりましたから天涯孤独の身でございます。ですから、孤独担当大臣、全身政治家池端貴子の最期のお願いでございます。1週間後、このインターネット番組を通じて、私の最期は、国民の皆さま、私を応援してくださった皆さま全員に看取っていただきたい。長年応援してくださいました方々にインターネットを通して看取られながら安楽死し、天国へ旅立つことができましたら、池端貴子、政治家として、これ以上の僥倖《ぎょうこう》はございません」

カメラ越しのその迫力に、歩は圧倒されていた。

本当にこの人は、1週間後にこの世から消えてしまうのだろうか？　奇妙な感覚にとらわれた。この人はまだエネルギーに溢れている。安楽死を選ばなければ、あと3〜4ヵ月は生きられやしないか、と。

「感動した」、「不謹慎だ」、「本物の政治家だ」、「パフォーマンスが過ぎる」、「〈安楽死特区〉の宣伝に自分の命を使うというのか！」。翌日から新聞やテレビやSNSは池端の話題で持ちきりとなった。朝からテレビで安楽死、安楽死と繰り返されることなど前代未聞だったし、そういう意味では、池端貴子の術中にメディアははまったと言える。テレビカメラが数台、朝から晩まで彼女を追いかける。たった3日間で、国民によるアンケートは安楽死賛成票が9割に達していた。

そして池端貴子はその1週間、モルヒネの量を増やしながら〈安楽死特区〉に隣接するカジノへと毎日車椅子で通った。3日目にはルーレットで大勝ちをし、120万円もの大金を手にしたところさえもインターネットで配信されたため、その翌日、カジノ特区には人が殺到した。

不思議なものね、死ぬとわかるとギャンブルの神様も味方してくれるのかしら？　と余裕の笑みを浮かべて、札束を持って白い歯を見せた。その様子も、歩のカメラは追い続けた。

いよいよ明日が安楽死実行という日の夜。貴子が最後のポーカーゲームを楽しんでいるところに、今どき珍しい、日焼けサロンで肌を焼いてきたような色黒で金髪の中年男が颯爽と現れた。

黒いシャツに、銀のラメの入った白のスーツ。はだけた胸元から覗く金のネックレス。なんとカジノと釣り合う格好か。歩はすぐにこの闖入《ちんにゅう》者が何者かわかった。昔、この男を撮影したことがある。恋愛小説を朗読する一風変わった歌舞伎町のホストクラブの名物店長を紹介した雑誌のグラビアで、だ。

「たかこ！」

池端貴子はその声にとっさに振り向き、手から、トランプがひらひらと落ちた。

「たかこ、最期のプレゼントだ」

彼の後ろにいた、子分のような若い男が、すばやく巨大な紙袋を渡す。そこから出てきたのは、抱えきれないほどの大きな白百合の花の束であった。むせるほどの甘い香りがした。池端のそばにいた柚木は変質者が現れたのだと思い、その百合の花を奪おうとした、そのとき。

「やめて！　私の百合よ」

貴子は細い体から声を張り上げた。得体のしれないその派手な男を睨みつけながら、柚木はすごすごと引っ込んでいく。貴子は、男から花束を受けとめた。


「季節はずれだわね。夏の花なのに」

「銀座中、探し回ったさ」

池端の頬から涙が一粒、真珠色の花弁に滴り花の芯へとゆっくりと流れ落ちていく。

「岡藤さん、この顔は撮らないでね。マスカラが落ちてしまったわ」

「いいえ、撮らせてください。すごくきれいだから。カサブランカも、あなたも」

貴子の涙を確認すると、その黒い闖入者は満足そうな表情になり、左手で少し髪を整えてから急にカメラ目線になってからこう言った。

「たかこ。お前を看取りに来たんだ。ひとりで死なせたくない。たかこの安楽死は、俺が看取るから、心配するな」

花に埋もれて、貴子は泣いた。ひとしきり泣いたあと、歩の渡したタオルで涙を抑え、もう一度鏡を見てから静かに顔をあげた。

「ショウ。私、本当は怖かったの、ひとりで死ぬの、本当は怖かった……あ、違うわ。ひとりじゃない、国民の皆さま。そう、国民の皆さまと、あなたに看取ってもらいます、やだ、撮らないで。今のはＮＧよ」


翌朝10時。〈安楽死特区〉に隣接する〈レインボーハウス〉の建物の前は、マスコミの取材陣で溢れかえっていた。池端貴子がこの建物内で今から絶命する、しかも昔付き合っていたホストの恋人がそれを看取るらしい。レポーターたちも、本能的な恐怖感と奇妙な高揚感がないまぜになり、異様な空気に包まれていた。さっきから犬の遠吠えが、どこからか聞こえていた。

10時15分。池端貴子に対する最後の意思確認がはじまった。鈴村、竹ノ内、三浦、鳥居、そして尾形――最初の安楽死事例として、今回は特命医全員と、３名の看護師が招集された。鈴村が主治医として、池端に質問をしてゆく。歩は医師たちの邪魔にならないような位置を確保しカメラを回した。

この意思確認場面から個室に入り、絶命の瞬間までの記録映像を、彼女の死後、事務局から法務省に提出することにより、複数の専門家と特別監査委員が事件性がないことを証明し、医師たちは殺人罪、自殺幇助罪から免責される。

鈴村が穏やかな声で切り出した。

あなたの名前と生年月日、本籍地を教えてください。

「池端貴子。１９５９年生12月21日生まれ。本籍地は東京です」

――なぜあなたは、安楽死を望むのですか。

「末期がんなのです。全身に転移しています。もはや回復の見込みはありません。私の人生は大変満足のいくものでした。ここから先、精神的、肉体的に苦しみが募り終末期を過ごすことは、私にとっては無意味です。許可を得る家族も親族ももうおりません。よって私は今から自分の意思により、安楽死を望みます」

――あなたの死に立ち合う人はいますか。またそれは、何人ですか。

「私の死に立ち合うのは、ここにいる〈安楽死特区〉カメラマンの岡藤歩さん、そして、私の友人、鯨井正平さんです」

――それでは、今からあなたにこの薬を渡します。

鈴村は、プラスチックのボトルを池端に手渡した。オレンジジュースのような色をした液体200ccが入っている。

――では、あなたには今から、この〈レインボーハウス〉の個室に移動していただきます。私たち医療者は、今から2階のモニター室へ移動して、待機します。薬を飲む決断ができたら、歩さんに教えてください。あなたの部屋の様子を2階のモニター画面から確認します。薬はこの瓶にあるものを一気にお飲みください。オレンジジュースのような味がします。途中でやめると死に至らずに大変苦しむ場合がありますからね。必ず、全部飲んでください。全部飲んでから、10分足らずで眠りにつき、20分程度で、絶命します。苦しくはないはずです。

「わかりました」

――池端さん。決断するのはあなたですよ。私たちは、あなたに死を勧めていないことは、おわかりですね。

「はい。わかっています」

――急に心がわりをしてもかまいませんよ。直前になって「やはり飲まない」「死ぬのはやめた」という中止の決断をしても一向にかまいません。誰もあなたを責めません。あなたの死は、誰に迫られたものでもありません。最後の瞬間まで、あなたには死の自己決定権があります。

「いえ、中止することは、ございません」

池端はにっこりと微笑んだ。

――また、あなたは、〈安楽死特区〉の目的を国民に広めるため、あなたの臨終の一部始終を映像および活字で、全国に配信することを許可されますか。

「はい、許可します。日本全国民の皆さまにお看取りしてもらいます。私が自分の意思で安楽死を選んだことを、幸福に死ぬことを、見届けていただきたいのです」

――では、今申し上げたことがこの書類に書いてありますので、すべてを許諾されたならば、この最後にある同意書にサインをお願いします。

「はい」

万年筆を筆箱から取り、美しく力強い文字で、池端は人生最後の署名を終えた。

池端さん、今からカメラが回ります。いいですね？　あと10秒です。5、4、3、2、1……。

カメラのスタートボタンを押す歩の背中は震えがやまない。

「皆さま、最期のご挨拶をさせていただきます、池端貴子でございます。私は昨日、長年の大切な友人から花束をいただきました。人生最期の花束は、私の大好きなお花、カサブランカでございました。皆さま、カサブランカには8つもの花言葉があるというのをご存じですか。今からその8つを申し上げます。高貴、純粋、無垢、威厳、祝福、壮大な美しさ、雄大な愛、甘美。わたしはこの8つのこころを持って死ぬこととします。私の死を、安楽死ではなく、祝福死、として記者の皆さまが書いてくれたら、どうせなら、カサブランカ臨終でもいいわね、ふふふ。また池端はネーミングセンスがないと笑われるのかしら。それでもいいわ、では、ごきげんよう」

真珠色の花に囲まれるようにして、貴子は斜めに傾けたベッドへ移動する。そしてベッドの傍らで待機していた鯨井正平は、貴子と一瞬見つめ合ったあとで、薬のボトルのキャップを空けて貴子に手渡す。まずは一口、水を飲んだあとで、貴子は目を閉じたまま一気にその200ccを飲み干したがすぐに咳き込み、少し吐いた。

はあっという大きなため息とともに、呼吸が荒くなっていく。

瞳が小刻みに揺れはじめたかと思うと、みるみる力を失っていく。歩は、少しだけズームボタンを押す。貴子が声を上げはじめた。白目をむいている。

「ショウ、ショウ、手を握って。熱いわ。喉が焼けそう。熱い、ショウ、ショウ…」

そのときだった。真っ白いスーツの鯨井正平が突然中腰になり、変な体勢をとったまま、ちらりとカメラを回す歩を見た。そして予め用意された台詞を読むようにして、大きな声を上げはじめた。

「えっ？　苦しいのか。なあ、こんなんで20分も苦しむの？　話が違うじゃねえか。見てられねえよ。俺。わかった、わかった、今すぐ一緒にいこう。自殺なんてたかこらしくねえんだ。俺と、こうして……」

右腕で息の激しくなる貴子の上半身をしっかりと抱きかかえながら、正平は、そのベッドの枕元に豪勢に飾られた、カサブランカの花のなかに左手をつっこみ、まさぐるようにして何かを探していた。

「一緒にいこう、一緒に。俺はたかこと一緒にイキたいんだ。誰かと一緒じゃなきゃイヤなんだ。それくらい神様だって許してくれる。なあたかこ。たかこも寂しいから、本当は安楽死するんだろ——」

あっ、と歩が男の手に握られている黒い小さな塊に気がついたときはもう、遅かった。

「たかこ、怖くないぞ。一緒だから！」

貴子ときつく顔を寄せ合った正平は、カメラに再び目線を戻す。次の瞬間、その右のこめかみにピストルの銃口をあてがった。貴子は白目をむいたままだった。待って。震えながら小さく叫んだ歩の声は、つんざくような銃音にかき消された。

２０２５年２月21日夜。池端貴子は、自身の予告通り絶命した。

しかし、警察によるとその死因は、元恋人の持っていたピストルによる無理心中にて、頭部外傷。出血死だと発表された。安楽死ではなく、見紛うことなき殺人だった。

同施設の2階のモニター画像で一部始終を監視していた医師たちは、異変に気がつくとただちに1階の個室へ向かったが、個室は内部から、鯨井正平が持参した錠前で鍵がかけられている状態で、彼の行動を止めることはできなかった。正平が発砲後、ただちに撮影者の岡藤歩が鍵を開けて、医師たちによる懸命の処置が行われたが、池端貴子も、容疑者の鯨井正平もすでに息絶えていた。


このとき、インターネットTVの最高視聴率は89％という、前代未聞の数字を記録した。我が国における〈安楽死特区〉第1例目が失敗したことは、国民の誰もが、いや、世界中がリアルタイムで知ることとなった。銃弾は、引き金を引いた鯨井正平と池端貴子の頭部を貫通し、その後、カサブランカの白い花弁をこれでもかと散らし、重なるように倒れたふたりの上に天使の羽のごとく降り積もった。ふたりとも金髪のカツラがとれて、まるで双子の僧侶のようでもあった。

と同時に、国民の誰もが衝撃をもって受け止めたのは、同日に〈安楽死特区〉内で銃による他殺体が見つかったことである。

居住棟807号室に住んでいた酒匂章太郎が、22日の午前9時に遺体で発見されたのだ。

第一発見者は、酒匂の婚約者で同じ部屋に入居していたカメラマンの岡藤歩。歩はその前夜、〈安楽死特区〉からの使命を受けて、池端貴子とともに〈ヒトリシズカクリニック〉内の個室に入り、池端の安楽死の経過を撮影。しかし元恋人によるピストル無理心中といった思わぬ事件に巻き込まれ、すべてを目撃した唯一の証人となった。この件について、同クリニック内で築地警察署の取り調べを受けたのち、翌朝、一旦仮眠をとるために同居住棟８０７号室に帰宅したところ、酒匂の遺体を発見。ただちに警察に通報した。

調べによると、章太郎の死因も、銃による出血死。

鯨井正平が無理心中したのと同じ銃弾であることがすぐに判明した。その血のほとんどを愛犬が舐め終わったあとだった。キッチンテーブルには章太郎が残したと思われる、ＩＣレコーダーがあり、音声が残されていた。音声の内容は以下の通り。

「〈安楽死特区〉は、まだまだ、整備上、問題が多くあり、私が、死にたいようには死ねないことがわかった。私はもう、持病が悪化した、ために死に至る薬を手に持つ力がない。しかし、パートナーの歩は、それを拒否した。これ以上、歩を、傷つけたくはない。そこで、たまたま、池端氏の友人として、この、居住棟に来られた鯨井氏と、一昨日カジノ内のカフェで、出会い、ゆっくりと、話し合う機会を得ました。私は鯨井氏の協力を得、ピストルによる、自殺を行うことに、しました。ご迷惑をおかけしますが、どうか、お許しください。万が一、鯨井氏が、ご自分の計画が失敗し、生きてしまったと、しても、これは私が鯨井氏に自殺幇助をお願いしたものであり、鯨井氏には、殺意がまったくないので、罪に問うことは絶対にやめてください。

あゆむ、長い間、ありがとう。バルドを置いていく。よろしく頼む」

◆池端貴子、殺される。致死薬を飲んで10分後、元恋人が無理心中

◆〈安楽死特区〉、早くも暗雲。居住者二人、ピストルで他殺か

◆居住者に動揺走る。〈安楽死特区〉は問題だらけ。野党が追及

翌日のこの国のニュースは、すべて〈安楽死特区〉の記事で埋め尽くされた。

シャワーを浴びても浴びても、血の匂いとカサブランカの匂いが身体に沁みついているように感じた。憔悴しきった岡藤歩はその夜、パジャマを着る気力すら残っておらず、バルドに抱きしめられるようにして、主のいなくなったベッドで眠りに落ちた。底なしの泥の沼に沈み込むようにして、こんこんと眠り続けた。少しだけ春の兆しを孕《はら》んだ遅い朝の光で目が覚めたとき、自分が今どこにいるのかすら、わからなかった。

とっさに章太郎を探して、テーブルの横に置かれた車椅子の下で寝ているバルドを見つけ、記憶が蘇ってきた。

章太郎は、もういない。

歩は、その日の午後、バルドの食器を丁寧に洗ってピカピカに拭いたあとで、ご褒美のときだけあげるドッグミルクとフードを準備した。そして何日かぶりに鏡を見て、自分がひと回りも歳を取ったように思え驚いた。前髪が白くなっている。何もかも失った、老婆の顔だった。

急に空腹を覚えた自分がおかしかった。いいから食べろ、生きるために、と全身の細胞が命令している。あたたかいスープが飲みたい気分だったが、冷蔵庫にはチーズしかなく、先週、カジノで大勝ちした池端貴子が買ってくれたロゼのドンペリニョンのコルクを開栓し、プラスチックのコップに注ぎ、チーズを一欠片つまんだあとで、パソコンを立ち上げた。

驚くほどの数のメールが届いていたが、もう、どれも開封する必要はない。メールを無視して、章太郎のブログ〈安楽死の法制化を望む多発性硬化症患者の日常〉にログインし、ロゼのシャンパンを胃にゆっくりと染み込ませながら、キーボードを打ちはじめた。

午後の日差しを受けてフローリングの床に車椅子の影が伸びる。その影に重なるように前脚を出してバルドが微睡《まどろ》む。長閑な冬の終わりの午後だった。

今日でこのブログを終わらせます。

今までこの拙いブログを読んでくださった皆さん、ありがとうございました。

皆さんがすでに報道でご存じの通り、

酒匂章太郎は昨日、〈安楽死特区〉において、ピストル自殺をしました。

身体的痛みと精神的痛みに苦しみ続けた彼は、たとえ終末期ではない状態であっても安楽死をする権利を認めよと言い続けました。

このブログもそのためのツールでした。

私は今、ただ呆然としています。何も考えられません。
ただこれだけは言えます。酒匂章太郎は、おそろしく馬鹿野郎です。
私と彼は、チベットで出会い恋に落ちました。
章太郎は薬剤師としてチベットに派遣され、あの土地の人を愛していました。
彼から、チベットのことをいろいろと教わりました。
チベット仏教では、死は自然のプロセスのひとつだと考えます。
死は恐れるものでも、抗うものでも、ありません。
しかし「怒り」「執着」「恐怖」に満ちた人間は、
自然に死ぬゆくことはできないのだと言われています。
（これも章太郎から教えてもらったことだと記憶しています）
しかし章太郎は、この3つを拭えぬまま、死を選んだように思えてなりません。
彼には、「人の役に立たない人間は、生きていても価値がない」という、傲慢な思想があったからです。

難病になった彼は仕事ができなくなったことに「怒り」、自分の輝ける場所がないことに気づくと、安楽死に「執着」をし、自分の身体機能がどんどん落ちていくことに「恐怖」を覚えていたのです。

パートナーを突然失った今、私も、「怒り」「執着」「恐怖」のなかにいます。

お世話になった皆さんには感謝しかありません。

しかし、私は、今日をもって、〈安楽死特区〉に反対します。

こんな特区を作ったこの国は、おかしいです。


さて、本当に皆さんにお知らせしたいことは、ここからです。

亡くなる前日に、池端貴子さんがこっそり私に話してくれたことを告白します。

国と東京都が、この〈安楽死特区〉を作った、もうひとつの目的です。

〈安楽死特区〉には、今、認知症の人も少なからず入居されています。

終末期ではない認知症の人を、「回復の望みがない」「耐えられない精神的な痛みを伴う」ことを前提に、〈安楽死特区〉への受け入れを国が許可したのは、なぜだと思いますか。それは、おひとりさま（家族のいない）認知症の人の財産を狙ってのことだと、池端さんは私に打ち明けました。

認知症患者が保有する金融資産は、今や200兆円もあり、我が国の家計金融資産全体の1割にあたります。内、おひとりさまの認知症の人が保有する金融資産はその半分近いのです。おひとりさま認知症の人のお金が、社会に回らないままでいるのは、この国の大きな損失である、だから国は、孤独担当大臣を作ったのだ。

孤独死対策の本当の狙いはそっちにある。

だから、〈安楽死特区〉も、個人資産を持っているおひとりさま認知症の人をたくさん入れようと考えた。いずれ、彼らが安楽死を選ぶときには、財産放棄をし、すべてを国の未来づくりのために寄付するために、一筆を書かせることにする。彼らの名前は、安楽死特区記念碑に彫られる。〈どうですか？　認知症になっても、お国の役に立つことができるのです。記念碑にお名前まで彫られます。素晴らしい最期でしょう？〉と言って、寄付に誘うというマニュアルもできているそうです。

そして池端さんは、こうも言いました。

「その良い広告塔となるのが現在、認知症を告白して〈安楽死特区〉に居住した、小説家の澤井真子さんだ。彼女が安楽死をする前に、すべての財産を社会貢献に使うと言わせる。お金を持っている独身女性には、澤井真子のファンは未だ多くいる。

彼女はその昔、バブルの頃に、新しい女性の生き方のお手本を示した人だから。

澤井真子がお金をすべて手放して安楽死することで、その生き方に共鳴し、私も、と言い出す女性が続出すればしめたものだ。それでも澤井真子が、寄付に迷ったらこう言うのよ。あなたの大嫌いな池端貴子も、あなたと同じように家族がいなくて、全資産を国に寄付して安楽死をしましたと。それできっと動揺するわ、なぜって、澤井真子はいつも私に嫉妬していたから」

澤井真子さん、お願いします。安楽死を選ばなくとも、あなたらしい最期をもう一度、考えてください。この国は、命と経済を天秤にかけて〈安楽死特区〉を作ったのです。そんな場所で死ぬことが、本当に自分らしい最期だといえますか。

２０２５年２月25日　　岡藤歩

女流作家、澤井真子

カジノでの遊びは3日足らずで飽きてしまった。空虚きわまりない騒々しさのなかで、運を天に任せてお金を賭けることの何が面白いのか、真子にはさっぱりわからない。それでもカジノ内にあるカフェは、パリのミシュラン店がプロデュースしていることもあり、クレープシュゼットはとても美味だった。銅のフライパンに入った焼き立てのクレープにオレンジの皮、バター、そして酒をかけた瞬間、得も言われぬ香りが青い炎とともに立ち上る。こんなにドラマティックなデザートは他にない。

ひとくち食べて、真子は、安楽死するための薬の味を想像する。ちょっと苦いオレンジジュースのような味だと聞いている。もしもそれがこのクレープにかかったソースのような味ならば、真子はうっとりとあの世に旅立つことができるだろう。今、日々の唯一の楽しみが、カジノ内のカフェでいただくクレープシュゼットだというのに、カジノはなぜか2日前から閉鎖されていた。何があったのか尋ねるのも面倒くさくて、真子は部屋に戻る。

そういえば、3日前からだろうか、ここはなんだかやたらと騒々しい。しかし、新聞もテレビを見るのも億劫になっていた。どうせもうすぐ死ぬのだから、世間で何が起こっていようが知りはしない。かわりに今朝もらったばかりのクラシックのCDをかけることにした。大きくて賢そうな犬を連れたショートカットの女の子が、突然部屋をノックして、「私もこの居住棟の住人で、貴方のファンでした。事情があって今日でここを立ち去ることになりました。よければこのCDをもらってくれませんか」と数枚のクラシックアルバムを手渡された。

その女の子はとても顔がむくんで疲れている様子で、泣き腫らしたあとなのか目を真っ赤にしていた。きっとこの子にとって、誰か大切な人が亡くなったのだろうと真子は悟りお茶に誘ったのだが、「ひとりでシャンパンを1本あけてしまって。二日酔いなので結構です」と断られた。

その古びた写真のジャケットには、勝ち気そうな目をした金髪の少女が微笑んでいる。エルガーのチェロ協奏曲。ああ何十年ぶりに聴くことだろう！　ホ短調のカデンツァは聴く者の感情を不安感と悲壮感の波打ち際に一気に押し寄せる。

しかしそこから、チェロの独奏が明るく弾む。人生は捨てたものじゃない、とでもいうように。男性的な力強い独奏を、この金髪の少女が弾いている。彼女の名はジャクリーヌ・デュ・プレ。昔、伝記映画を観たことを真子は思い出した。第4楽章がはじまろうとしたとき、慌てたようなノック音がして久しぶりに秘書の美和が顔を出した。

かりする。

「先生を迎えに来ました、帰りましょう」と開口一番、美和は言う。せっかくここからジャクリーヌの勝ち気で情熱的なチェロ独奏が艶やかに再現されるところなのにと、真子はがっかりする。

「帰るって？」

「広尾のマンションに帰るのです。先生、ここにいてももう、安楽死なんてできません。少なくとも3ヵ月は警察の捜査が入り、また、もう一度〈安楽死特区〉の是非を国会で議論することになったのです。それなのにここにいても仕方がないでしょう。幸いにもまだ広尾のマンションは売れていません。先生、帰り支度をしましょうか」

「安楽死、できないの？」

「今、担当医の尾形先生と鳥居先生が一緒に来てくださっています。真子先生にご相談があるそうですよ。お通ししてもいいですか」

美和はそう言って、勝手にステレオを切ってしまった。真子はひそかに尾形紘という医師を気に入っていた。彫りの深い目もとが好みだった。そして何よりも……誰にも言っていないが、亡くした自分の息子と同名であった。一方の鳥居医師は、関西弁丸出しでちょっとチンピラ風な怖い感じがする老人だった。しかしその鳥居のほうが、今日はにこにことして機嫌がいい。

「澤井さんなあ、えらいことになりました。この度はいろいろお騒がせしてしまい、申し訳ございません。まさかこんな事件が起きるとは、我々も大変驚いておるんですわ。そして反省もしてます。ご心配をおかけしてほんま申し訳ない」

「なんのことかしら？」

「先日亡くなられた酒匂章太郎さんのパートナーの岡藤歩さんが、ブログに残したメッセージ、もしかしたらまだお読みになっていませんか？」

「メッセージ？」

尾形が、そのメッセージとやらを印刷したものを、真子に渡した。しかし、読んでもさっぱりわからなかったのでそのままテーブルの上に置いた。ただ、池端貴子は死んだということだけは、たしかなようだ。

先を越されてしまったようだと真子はまた、なんとなくあの女のことが憎たらしい。いつもそうだ。昔から、私のことを妬んでいた。

「澤井さん、岡藤歩さんとは、居住区内で面識は？」

「いいえ、知らないわ。私そんなひと。ここにいる皆さんのようにロビーで寛いだり、食堂でごはんを食べていないから。みんな、私が認知症だと思って、子どもみたいに扱うのよ。腹が立ってしょうがないわ。私は作家よ。認知症というだけで、こんなに馬鹿にされるとは思わなかった。だから、食事は外でとっているのよ、カジノに行ってね、毎日クレープシュゼットを」

美和が遮るようにして切り出した。

「いいですか。先生。もうこの〈安楽死特区〉では、認知症の人は安楽死ができないのです。いろいろ事情があって、当面のあいだ、ここは末期がんの人だけを対象として運営するそうなの。だから先生がここにいても仕方がないの。私と一緒に、帰りましょうよ」

「でも私、あそこに戻ってもひとりだわ」


そこで相談があるのです、と尾形が一歩前に出る。

「私と鳥居先生で相談したことを聞いていただけませんか。この〈安楽死特区〉とは別に、おひとりさま認知症のための〈つどい場〉を作ろうと思います。認知症の人が、希望がもてなくなったら来る場所です。僕と鳥居先生のポケットマネーでまずはマンションの一部屋を借ります。好きなときに来て好きなように死を語り、みんなで食事をするだけの場所です。そして僕らは、〈安楽死特区〉の医師でもありますから、死にたいのならいつでも死ねますよ、と皆さんに保証をしましょう」

「へえ、面白そうね、うちの広尾のマンション、今じゃ空き部屋ばかりよ。きっと安く提供してくれるわよ、私が話をつけてあげる」

そこで尾形に代わって、鳥居が言葉を継いだ。

「予想もせえへん事件が起きてしまい、当分国会では紛糾するかもしれません。しかし、厚労省の官僚の話によれば、認知症の人も安楽死できるという方針を国は変えられないだろうということです。というのもここ数年、認知症の日本人から、ベルギーやオランダの安楽死施設に入りたいと申し込みが殺到していて、オランダ政府から、〈あんたらの国民やろ。自分の国の安楽死希望の認知症の人は、自分の国でなんとかせえ〉というクレームが来てるんですわ、実は。他にもさまざまな政府の方針が絡んでおり、医者はそこには口出しできません。安楽死を法制化するのもしないのも、政府のお仕事であり、医者の仕事ではないんですわ。それでな、尾形先生と私は、そこを逆手に取ろうと考えました。たしかに認知症の人の場合、安楽死を認める条件である、〈回復の望みがない〉〈耐えられない痛みを伴う〉かどうかを判断するのはとても難しいことですよ。しかしもう充分生きた、もう死にたいと望む気持ちは、病態がまったく違うても、同じように発露する感情やないですか。違いますか」

「ええ、そうですとも」

機関銃のように夢中で喋る鳥居が好ましかった。なぜなら、真子を認知症扱いする人は、バカみたいにゆっくり丁寧に、子どもに諭すように喋ろうとするから、本当に腹立たしい。

「それは認知症だけではなく、精神疾患の方でもまた同じです。その人の苦しみを客観的に判断することは、脳の疾患の場合は、とても難しい。とするなら、『あなたは、いつでも死んでいいのだ』と安楽死を担保にすることが、かえってその人に生きる望みを与えるかもしれないと考えたのです。いつ死んでもいいという安心感が、その人の苦痛を取り除き、明日も生きようと思えるならば、それでええんと違いますか」

たしかにそうかもしれない、と真子は頷いた。

私が欲しかったものも、実際は「死」そのものではなく、私が私でなくなる恐怖と闘っている自分が「いつでも死んでいい」と保障されることの安心感ではなかったか。

「そうね。いいと思うわ。やりましょうよ、つどい場とやらを。美和ちゃん、予定変更よ。『永遠』の副編集長に今すぐ電話してくれないかしらね。澤井真子の最期の小説は、〈おひとりさまの安楽死〉ではなく、〈おひとりさまの認知症作家がつどい場で死ぬということ〉を書くの」

振り向くと、美和は顔をくしゃくしゃにして、涙ぐんでいた。先生、ごめんなさい、ごめんなさい、わたし、わたし。

「どうしたの、美和ちゃんが泣くなんて」

真子先生、許してください。と泣きじゃくる。席を外しましょうか、と言う尾形と鳥居に、「いいえ、逆に先生方がいてくださったほうが話しやすいので」と、美和は突然、驚くような話をしはじめた。

「真子先生、今まで私はあなたのことを騙し続けていました。私は、あなたがかつてお付き合いされていた作家の藤沢祐二《ふじさわゆうじ》の娘です」

真子はなぜか、それほど驚かなかった。

「あなたは父との子どもを黙って産んだあと、父に会うのを拒否しましたよね。父はそれからすぐに、急性心不全で突然死しました。母はそのあと、ゆっくりと認知症になり、60歳で亡くなりました。あなたのせいで、私たちの家は崩壊したのです。

それなのにあなたは、毎週のように雑誌やテレビを賑わして、売れっ子作家として飛ぶ鳥を落とす勢い。お幸せそうでした。人の家庭を壊しておいて、なぜ笑っていられるのと私はあなたを許せなくて、あなたの秘書募集の広告を見て、復讐のためにやってきたのです。だけどその後、あなたと父のあいだにできた子どもが、死んでいることを知りました。小説『愛の受難曲』が実はフィクションではなく、あなたの息子の話だと気がついたとき、私は少しだけあなたを許した。

あなたも本当は、楽しそうに、煌びやかさを自己演出しながら、実はとても苦しんでいたのだと知ったからです。それでも、あなたが認知症だと気がついたとき、心のどこかでいい気味だと思いました。あなたを不安に陥れるため、たとえば、わざとたくさんの白髪染めや化粧水や頭痛薬を買ってきて、混乱させたりしました。まだ夕食を召し上がっていないのに、『さっき食べたのに、忘れちゃったのですか』と意地悪したこともあります。認知症状がどんどん悪くなって、小説なんか書けなくなればいい、苦しんで死ねばいいと、私のなかの悪魔が指示をしました。それで先生は実際、混乱しはじめた。ごく初期の認知症なのに、深刻な物忘れが起きているように見せかけたのは、私なんです」

「君、そんな残酷なことをしたのか！」

尾形が声を震わせた。

「ごめんなさい。本当にごめんなさい。でも、この数日の事件を知って、やっぱり私は、真子先生に生きていてほしいと心から願っている自分に気がついたんです。それで、今朝、酒匂章太郎さんのブログにあがった、歩さんのメッセージを見て、私ももう、黙っているのは限界だと思いました。真子先生、歩さんのこのメッセージの通りです。

安楽死を選ばなくとも、あなたらしい最期をもう一度、考えてください。

この国は、命と経済を天秤にかけて〈安楽死特区〉を作ったのです。

そんな場所で死ぬことが、本当に自分らしい最期だといえますか。

先生を混乱させたのは私です。だから先生はもっともっと、小説を書けます。最後にそれだけ言いたくて。先生、本日付で秘書の職を解いてください。クビにしてください。それだけでは許されないことはわかっています。でも、でも」

相変わらず美和ちゃんは面白い。くくっと真子は笑った。紘ちゃん、あなたは知っていたの？　あなたと血のつながったお姉ちゃんと、私、気づかずに四半世紀も一緒にいたのよ。

「クビになんか、しないわよ。そのかわり、私、無性にカジノのカフェにあるクレープシュゼットが食べたいの。だけど3日前からカジノが閉まっているのよ。あそこのシェフに連絡をして、今すぐクレープシュゼットを作りにここに来させて。このお部屋でフランベしてもらうの。それを皆で食べてからでも、ここを出て行くのは、遅くはないでしょう？　ねえ先生も一緒に召し上がってください。〈つどい場〉のお金なら私が出します。そのかわり、私はその人たちをモデルに小説を書きます。いいでしょう？　そうね、その〈つどい場〉の名前は……〈やすらぎの森〉ね」

尾形は、昔そんなタイトルのテレビドラマがあったような気がしたが、思い出せないまま、生まれて初めてのクレープなんとかを口にしていた。

「死ぬときにもらうオレンジ色のお薬というのは、こんな味かしらね？」

「さあ、わかりませんなあ。なんせワシ、飲んだことがありませんし、これからも飲む予定はありませんからねえ」

鳥居はケタケタと笑いながら、三口でそのデザートを平らげてしまった。

エピローグ

〈やすらぎの森〉は、有栖川公園そばの広尾のマンションの一番広い空き部屋を改装してオープンとなった。作家澤井真子と同じマンション内である。森をイメージして、たくさんの観葉植物が揃えられ、さしづめ森というよりも、都会にできた小さなジャングルのようだ。BGMには、尾形の聴いたことのない、情熱的なチェロの曲がかかっていた。

澤井真子の新たな挑戦ということでその日は、たった数ヵ月前に起きた陰惨な〈安楽死特区〉での騒動をよそにして、お祝いムードでマスコミも大勢集まった。

一番張り切っていたのは、なぜか鈴村医師だった。

「いいねえ、広尾のど真ん中にあるのがいいじゃないの。西麻布まで歩いて行けちゃうよ。美和ちゃん、僕が行きつけの西麻布のワインバーに行かない？　今後の運営についても話し合わないといけないし」

鈴村先生、私の許可なく秘書の美和ちゃんを誘うのはやめてくださいよと真子が口を出す。

尾形は、真子の依頼を受けて、この応接室にも父親作の仏像を置いた。天井まで届く広い窓からは、六本木ヒルズの向こうに、今年初めて見るような鰯雲が広がっている。たしかあの日も、鰯雲が広がっていた。昨年の親父の命日。俺は、名古屋で補助人工心臓の講演をしたあとで、大阪に帰り、珍しく美術館に足を運んで〈木造　宝誌和尚像〉を見た。まさかその夜、自分の運命が一変するような出来事があるとも知らずに。

あの木彫りの仏像同様に、人間の内面には何層の顔があるのかわからない。生きたいと言っている人間が本当は死にたいと思い続けていることもあるし、逆に、死にたいと言い続けている人間の言葉が、生きたいの裏返しであったりする。

生きるか、死ぬか。生きるか、死ぬか。見えぬ刀で人間の顔を何度も何度も縦に切っていっても、またその次から次へと顔が現れるから、その人の本当の考えなど、誰もわからないのだ。それを人は、業とかエゴとか呼ぶのかもしれないが。俺自身も、ここに来てから、目の前の患者さんを「死なす」ために自分がいるのか「生かす」ために自分がいるのか、戸惑うよ、と尾形は独り呟いた。

それを考えること自体が不毛であると、目の前で、自死した父親が造った仏像が微かに微笑んでいた。

鳥居医師が隣でマスコミの取材を受けていた。かしこまっているのか、今日はなぜか、標準語である。しかも、チンピラ風なサングラスをしていた。

「この〈やすらぎの森〉は、国が推進する〈安楽死特区〉を否定するものではありません。どちらも、死にたいという患者さん本人の希望に寄り添うために作られたものであると理解していただきたいと思います。ただ、安楽死が能動的に死を選択するのに対して、ここ、つどい場〈やすらぎの森〉では認知症患者さんに、受動的な、つまり自然に訪れる死が、いかに苦痛を伴わずに逝くことができるかを感じてもらいたくて作りました。

オーナーである澤井真子さんは、自分で自分がわからなくなったときに、回復の見込みがなくなったら、よけいな延命治療は一切行わないでほしいという〈リビングウイル〉を書いています。ここにある木々とともに自然に枯れるように逝くのが、私の望みであると。つまり、尊厳死です。尊厳死とは枯れるように逝く、それは、同じように死を希望していたとしても、安楽死とはまったく違う概念です」

一年前のあの鰯雲の日。たしか名古屋で講演をしたあと、最後にこんな質問が飛んできた。

「今日のお話は、補助人工心臓を付けるお話に終始されていましたね。それで、尾形先生に質問なのですが、その補助人工心臓、やめるタイミングというのはいつなんですかね？」

「自然に逝けなくなりゃしませんかね？　自然に枯れて逝けなくなるのでは？」

なんで今まで俺は気がつかなかったんだろう。自分の鈍感さに、我ながら呆れる。

取材を終えた鳥居は、嬉しそうに鈴村と仏像を撫でている。珍しく尾形の携帯が震えた。モニターを見るとそこには、難波大総院長大原先生とある。

「もし、もし」

「ああ、大原です。お久しぶり。つどい場とやらをオープンさせたらしいじゃないの。おめでとう。いや、良かったです。〈安楽死特区〉がうまくいっていないみたいで。君はいつもトラブルメーカーだからね」

「どういうことですか？」

「いやいや、それはまた今度。久しぶりに大阪へ帰ってきなさい。鱧《はも》でも食おう。うちにも、今後、認知症患者さんのためのつどい場、必要ですしね」

そこに「さあ、お茶の時間にしましょうよ」と真子が、本日6回目の紅茶を淹れに来た。

「その前に、バルちゃんにおやつだわね」

大きな犬が、今日3回目になるおやつを、初めてもらうかとでもいうように取り繕って、嬉しそうに鳴いていた。

了

浜はまつりのようだけど
海のなかでは何万の
鰮のとむらいするだろう

金子みすゞ「大漁」より

本作品はフィクションであり、実在の人物、団体、組織とは一切関係ありません。

あとがきにかえて

最後まで読んでくださりありがとうございました。
この物語が近い将来、現実にならないことを祈っています。

参考文献

『犠牲（サクリファイス）わが息子・脳死の11日』柳田邦男著、文藝春秋

『三万年の死の教え—チベット「死者の書」の世界』中沢新一著、角川書店

『保守の真髄 老酔狂で語る文明の紊乱』西部邁著、講談社

『金子みすゞ名詩集』金子みすゞ著、彩図社

原作作品『死に方』公開決定!

原作本発売中

『痛くない死に方』 四六判・並製　本体1000円（税別）

ある葬儀屋さんがこんなふうに言っていました。「自宅で平穏死した方のご遺体は軽い。でも大学病院で亡くなられた方のご遺体はずっしり重いんです」…実は、枯れて死ぬ最期（平穏死）と、溺れて死ぬ最期（延命死）では10キロ以上の体重差があるのです。どちらが痛くて苦しいかは、言うまでもありません。平穏死という視点から、わかりやすく終末期を解説。

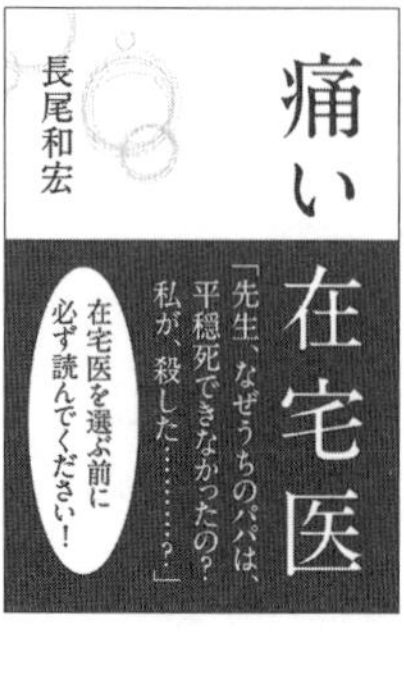

『痛い在宅医』 四六判・並製　本体1300円（税別）

父がとても苦しんでいるのに、在宅医も訪問看護師も、臨終のときに来てはくれませんでした。私が、パパを殺した…?　末期がんの父の在宅看取りを後悔する娘が在宅医療界をリードする長尾医師に噛みついた。家で死にたいと望む人が6割の今、最期の望みを叶えるため 必要な条件とは?　在宅医療の光と影を描く本邦初のドキュメンタリー!

長尾和宏

『痛くない死に方』

2020年、映画

主演：柄本 佑

監督・脚本：高橋伴明

人は、どう死ぬべきか？

映画『痛くない死に方』は、「病院死」か「在宅死」かを問う、患者と家族、そして医者の物語です。命あるものには必ず死が訪れる。それを誰も止めることはできません。少子高齢化と核家族化に歯止めが効かなくなっている現代日本。医学の進歩に伴い、延命治療が可能になりました。そこに、かつてあった自然な死は存在しているのでしょうか。昔は死に方を選べませんでした。もしかしたら生き方も同様、選べなかったのかもしれません。しかし選択肢が広がったはずの今も、人は死に方を選べないジレンマ、アイロニーを抱えてはいないでしょうか。一見矛盾するようなこの現実に、本作は向き合っていきます。

——映画『痛くない死に方』製作委員会

長尾和宏（ながお かずひろ）
医学博士。医療法人社団裕和会理事長。長尾クリニック院長。一般社団法人日本尊厳死協会副理事長。日本慢性期医療協会理事。日本ホスピス在宅ケア研究会理事。一般社団法人エンドオブライフ・ケア協会理事。関西国際大学客員教授。
2012年、『「平穏死」10の条件』がベストセラーに。近著に、『糖尿病と膵臓がん』『痛い在宅医』『男の孤独死』『痛くない死に方』『薬のやめどき』（すべて小社）。 まぐまぐ！有料メルマガ〈痛くない死に方〉も話題。

小説「安楽死特区」
2019年12月21日　初版第一刷発行
2020年 3 月26日　初版第四刷発行

著　者　長尾和宏

ブックデザイン　片岡忠彦
編　集　小宮亜里　黒澤麻子
営　業　石川達也

発行者　田中幹男
発行所　株式会社ブックマン社
〒101-0065　千代田区西神田3-3-5
TEL　03-3237-7777　FAX 03-5226-9599
http://www.bookman.co.jp
ISBN 978-4-89308-927-4
印刷・製本：図書印刷株式会社